Eduard von Keyserling

Osterwetter

und andere kleine Erzählungen

Eduard von Keyserling: Osterwetter und andere kleine Erzählungen

Osterwetter:
  Erstdruck: Wiener Neue Freie Presse, 31. März 1907.
Grüss Gott, Sonne!:
  Erstdruck: Jugend. Münchner Illustrierte Wochenschrift für Kunst
  und Leben, 1896, Nr. 40, S. 619-640.
Grüne Chartreuse:
  Erstdruck: Jugend. Münchner Illustrierte Wochenschrift für Kunst
  und Leben, 1897, Nr. 8, S. 122-123.
Nachbarn:
  Erstdruck: Das XXV. Jahr. Almanach S. Fischer Verlag, Berlin 1911.
Der Beruf:
  Erstdruck: 1903
Die Soldaten-Kersta:
  Erstdruck: Neue Deutsche Rundschau Jg. XII, Berlin, 1901.
Das Landhaus:
  Erstdruck: Wiener Neue Freie Presse, 24. September 1913.
Schützengrabenträume:
  Erstdruck: Wiener Neue Freie Presse, 25. Dezember 1914.
Die Feuertaufe:
  Erstdruck: Wiener Neue Freie Presse, 9. Januar 1917

Neuausgabe mit einer Biographie des Autors
Herausgegeben von Karl-Maria Guth
Berlin 2016

Umschlaggestaltung von Thomas Schultz-Overhage unter Verwendung
des Bildes: Lawrence Alma-Tadema, Frühling im Garten, 1877

Gesetzt aus der Minion Pro, 11 pt

Verlag: Henricus - Edition Deutsche Klassik GmbH
Mörchinger Str. 33, 14169 Berlin, info@henricus-verlag.de
Druck: Libri Plureos GmbH, Friedensallee 273, 22763 Hamburg

ISBN 978-3-8430-8712-4

Bibliografische Information der Deutschen Nationalbibliothek

Die Deutsche Nationalbibliothek verzeichnet diese Publikation in der
Deutschen Nationalbibliografie; detaillierte bibliografische Daten sind
im Internet über www.dnb.de abrufbar.

Inhalt

Osterwetter

Am Nachmittage dieses Ostersonntags war das Haus ganz still geworden. Alles drängte hinaus in den Frühling, der so überraschend, fast
gewaltsam, während der Festtage über das Land gekommen war. Nur
Frau Malwida von Albesch selbst ging ein wenig ruhelos in ihren ein-
samen Zimmern auf und ab. Sie hörte zu, wie die resedenfarbene Seide
ihrer Schleppe auf dem Parkett leise rauschte; wie die Goldsächelchen,
die sie an sich trug, sachte klingelten. In der Elastizität ihres Ganges
lag etwas, das ihr selbst wohltat. Sie fühlte sich fast schlank. Und dann
empfand sie es heute wieder wie einst in jüngeren Jahren als etwas
Körperliches, das ausstrahlt und wärmt, daß sie schön und stattlich
war. All dieses war nun festlich genug, allein sie wußte nicht recht,
was sie mit dem Festgefühle beginnen sollte.

Sie trat an das Fenster des Wohnzimmers und öffnete es weit. Sie
mußte doch ein Auge auf die beiden Brautpaare haben, die sich dort
unten im Garten ergingen: Aglaja und ihr Leutnant spazierten die
Kastanienallee auf und ab, sie weiß und schmal, der blonde Kopf ganz
golden im Nachmittagslicht. Er hatte seinen Arm um ihre Taille gelegt.
»Auch ein Geschmacksfehler der heutigen Brautpaare, sich öffentlich
in solch zärtlichen Stellungen zu zeigen«, dachte Malwida. Edith und
ihr Assessor hatten sich in die Fliederlaube zurückgezogen. Wie unpas-
send. »Edith!« wollte sie rufen, aber sie fühlte sich plötzlich zu träge
dazu. Diese warme, fast schwüle Luft um diese Jahreszeit hatte etwas,
das immer aufs neue überraschte, fast erschütterte. Ein sommerblauer
Himmel, ein Licht stark und golden wie im Juni und dazu die fiebernde
Erregung des Vorfrühlings. Die Bäume wiegten leise ihre Zweige, an
denen dicke Knospen saßen, als durchrieselte ein wohliger Schauer
ihre braune Nacktheit. Mitten unter ihnen stand ein Kirschbaum, über
und über in Blüte, ein weißes Wunder. In dem Beete vor dem Fenster
saßen die Krokus mit ihren harten Fayencefarben in der fetten
schwarzen Erde, und kleine feuerfarbene Tulpen standen da sehr grell
in all dem Grüngrau ringsum; Malwida öffnete ein wenig die Lippen
und trank den bitteren Duft der Knospen und den feuchten Atem der
Erde.

All das ergriff sie so stark, daß es fast wehe tat. Auf der Spitze des
Birnbaumes saß ein Amselvater und schmetterte, und dieses Schnalzen

und Pfeifen der aufgeregten kleinen Vogelgestalt klang wie der wahre Ausdruck von dem, was über dem Lande lag, ein Rufen, eine Ungeduld, ein fieberndes Warten. Malwida ließ sich ein wenig matt in den Sessel sinken. Nein, sie wollte sich nicht einsam fühlen. Es war eine angenehme, feiertägliche Stunde, in der es gut tut, still vor sich hin zu träumen. Ja, aber was sollte sie träumen. Da war die Vergangenheit, die Zeit, da sie jung und glücklich gewesen war. Gewiß, allein zwischen der Vergangenheit und der Gegenwart lag so viel Trauriges. Der Tod ihres Gatten, die ersten Witwenjahre, in denen sie mit einer Art schmerzlicher Wollust ganz ihrem großen Schmerze lebte. Und dann das allmähliche Abklingen dieses Schmerzes. Mein Gott, es ist nicht leicht, nur in einer Vergangenheit zu leben, wenn um uns her alles, die Menschen und die Natur, mit Liebe und Glück immer wieder von vorn anfangen. Malwida war wieder in das Leben hineingekommen, sie zog wieder ihr resedafarbenes Seidenkleid an und freute sich, wenn sie gut aussah. Aber was half das, für sie war ja doch alles zu Ende. Die Vierziger waren da, was konnte denn noch Schönes und Erregendes kommen. Die anderen dort draußen gingen alle zu zweien, Arm in Arm, durch den Frühling, sie hatte allein am Fenster zu sitzen, zuzuschauen und an die Vergangenheit zu denken.

Sie lehnte den Kopf zurück und schloß die Augen. Wirklich, die Stille in den Zimmern fiel ihr auf die Nerven. Wo nur der Major blieb. Es war doch merkwürdig, daß man zu einer alten Freundin für die Festtage zum Besuch kommt und dann auf Stunden spazierengeht und sie allein läßt. Seine diskrete lyrische Stimme wäre ihr jetzt gerade recht gewesen. Seine Augen konnten sie noch zuweilen mit so zeremoniell altmodischer Verliebtheit ansehen wie damals, als er noch ein sehr junger und sehr gefühlvoller Leutnant war. Das war vielleicht nur eine alte Gewohnheit, aber man fühlte sich wenigstens unter diesen Blicken nicht allein. Malwida erhob sich, um zum Fenster hinauszuspähen. Sie wurde wirklich ungeduldig. Ah, da erschien er unten in der Gartenpforte sehr aufrecht in seinem schwarzen Gehrock, den grauen Hut auf dem Kopfe, eine kleine gelbe Frühlingsblume im Knopfloch, und sein langer Schnurrbart war ganz voll blanken Sonnenscheins.

»Endlich«, sagte Malwida und setzte sich wieder in ihren Sessel zurück.

»Nun, verehrte Freundin«, sagte der Major von Albeida, als er in das Zimmer trat, während er mit der Hand leicht einige Locken über seinem schon stark gelichteten Scheitel zurechtschob, »ich fürchte, ich störe Sie in einer angenehmen Träumerei.«

Malwida lächelte jetzt wirklich ein ganz verträumtes Lächeln.

»Ach nein, dazu habe ich Zeit genug gehabt, kommen Sie, setzen Sie sich zu mir.«

Der Major rückte einen Sessel an das Fenster und setzte sich.

Sein Gesicht war leicht gerötet, die guten lavendelblauen Augen glitzerten. Er sieht wirklich jung aus, dachte Malwida, während sie ihre Augen nachdenklich auf seinem Gesicht ruhen ließ. »Haben Sie sich den Frühling angesehen?« fragte sie.

»Den Frühling«, erwiderte der Major und lachte ärgerlich, »ist denn das überhaupt Frühling; das ist ja ein Krampf, ein Fieber, überall spürt man die Übereilung. Na, wir bekommen auch heute ein Gewitter, sehen Sie drüben die schwarze Wolkenwand und wie es in ihr wetterleuchtet. In dieser Jahreszeit, das ist unnatürlich. Man fühlt ordentlich, wie es einem auch im Blut so blank herumarbeitet.«

»Ist das angenehm?« fragte Malwida. Der Major zuckte die Achseln: »Betrunken macht es. Alles ist heute betrunken, die Natur und die Vögel sind betrunken, und erst die Menschen, und immer zwei zusammen, immer paarweise, einen einzelnen sieht man gar nicht mehr. Wenn man dort so allein herumgeht, kommt es einem vor, als beginge man einen Etikettenfehler, man kommt sich geradezu lächerlich vor.«

Malwida hob die Hand und ließ sie wieder müde auf die Armlehne des Sessels zurückfallen, was sehr resigniert aussah. »Alleinsein, mein Freund, das ist das Alter.«

»Oho!« rief der Major und richtete sich stramm auf. »Erstens, das Alter und Sie, meine Gnädige, haben nichts miteinander zu tun, und dann – das Alter, das ist eine Einrichtung, eine Einrichtung der anderen, derer, die unseren Platz haben wollen, Sache des Avancements. Ich kriege den blauen Brief und muß meinen Abschied nehmen, weil ich zu alt bin, sagen die Herren oben; aber muß ich das glauben? Ich denke nicht daran, ich weiß das besser, nichts hat sich in mir geändert, ich bin derselbe Albeida, der ich war. Ich versichere Sie, meine Gnädige, das Alter ist eine Konvention, eine Verschwörung der Jüngeren, und wir brauchen uns das nicht gefallen zu lassen.« – »Aber, Albeida«, sagte Malwida leise.

Albeida beugte sich vor, und er legte jetzt in seine Stimme einen weichen schwingenden Baritonklang: »Und Sie, gnädige Frau, fühlen

Sie nicht, daß Sie heute dieselbe, aber auch ganz dieselbe sind wie damals vor zwanzig Jahren, als wir zusammen dort auf dem Rasenplatz auch an einem Frühlingsabend miteinander Reiffangen spielten. Sie trugen so ein hübsches, kleingeblümtes Mousselinkleid und ein schmales rotes Samtband um den Hals, und wenn ich den Reif recht hoch warf, hoben Sie die Arme so hübsch, und hinter Ihnen stand ein rosa Abendrot, von diesem zärtlichen Rosa, für das man heutzutage kein rechtes Verständnis mehr hat. Und ich hatte dabei so meinen kleinen Aberglauben. Fängt sie den Reif, sagte ich mir, dann, na ja»– – »Was dann? Sagen Sie doch«, drängte Malwida, als der Major innehielt. – »Ich denke«, meinte er, »es war Jean Jacques Rousseau, der als Knabe mit kleinen Steinen nach einem Baumstamm warf. Traf er den Stamm, so war das ein Zeichen, daß Jean Jacques in den Himmel kommt, traf er ihn nicht, nun – dann nicht.« – »Aber Albeida«, sagte Malwida wieder ganz sanft. Der Major sprach jetzt leise und legte seine Hand vorsichtig auf Malwidas Hand: »Nein, wir machen nicht Platz; diese Brautpaare da draußen, die glauben, für sie ist dieser Frühling da, und die Liebe und das Sichverloben, aber wo steht denn das geschrieben? In diesen Sachen gibt es keinen blauen Brief, nicht wahr, Malwida? Wir geben keine Rechte auf.« Jetzt küßte er ihre Hand. Malwida wartete einen Augenblick. »Würde er doch weiter sprechen«, dachte sie; diese leise heiße Stimme wiegte sie in eine sehr süße Schlaffheit. Als er jedoch schwieg, sagte sie wie aus einem Traum heraus: »Ach, Albeida, man ist so mutlos.« – »Mut«, erwiderte er, »ist mein Beruf, Mut hat man immer, wenn man ihn haben will.«

Während sie sprachen, waren sie eine Weile von grellroten Abendlichtern ganz übergossen gewesen. Dann verblaßten die Lichter, und die Dämmerung brach herein. Der Garten draußen wurde dunkel und still. Die Amsel auf dem Birnbaum schwieg längst. Die dunkle Wolkenwand am Horizont hatte sich am Himmel emporgeschoben, es donnerte in der Ferne, und zuweilen stand der Garten ganz im blauen Licht. Die beiden am Fenster schwiegen jetzt. Ja, so war es recht, dachte Malwida, so still da zu sitzen, Hand in Hand, und zu fühlen, daß man auch wieder ganz zu der wunderbar erregten Frühlingswelt gehörte, die draußen in der Dunkelheit flüsterte. Im Garten erwachte jetzt ein Ton, ein Lachen, Malwida fuhr auf. »Meine Brautpaare, ich habe sie ganz vergessen.« – »Kommen Sie, liebe Freundin, wir wollen sie holen gehen.«

Allein, als sie unten im Garten waren, vergaß Malwida, nach den Brautpaaren zu rufen. Ein wenig schwer auf Albeidas Arm gestützt, wandelte sie den Kiesweg entlang. Über dem Hause war der Mond emporgestiegen, rund und weiß, und in seinem Schein legten die Bäume schwarz und deutlich ihre mageren Schatten auf die gelben Wege. Von Osten her hatte sich die Wolkenwand höher in den Himmel hinaufgeschoben und kroch langsam dem Mond entgegen, blauschwarz und voll der flimmernden Unruhe roter und blauer Blitze. Malwida schritt wie durch einen Traum hin. Es war ihr, als sei sie wieder das junge Mädchen im kleingeblümten Mousselinkleide und als lägen die Welt und das Leben wieder vor ihr, geheimnisvoll verschleiert und voll süßer Versprechungen. Albeida sprach leise zu ihr. Es war da wohl die Rede von der Einrichtung eines Heims oder von so etwas. Sie hörte nicht zu. Nur das zärtliche Singen seiner Stimme empfand sie angenehm wie eine Liebkosung. Als sie bis an das Buchsbaumlabyrinth am Ende des Gartens gekommen waren, wurde es plötzlich dunkel. Die Wolke hatte den Mond überdeckt, ein lauter Donner grollte, und flüsternd fielen große Regentropfen nieder.

»O wie dunkel«, rief Malwida. »Fürchten Sie sich, Liebe?« fragte der Major. »Nein, nein«, sagte sie. Sie ließ seinen Arm los, begann ein wenig die Hecke entlang zu laufen und lachte dabei ein Lachen, das sie schon lange nicht mehr von sich gehört hatte: »Albeida, wo bin ich?« rief sie. Aber sie geriet ein wenig außer Atem, sie war das Laufen nicht mehr gewohnt, dann war auch Albeida bei ihr. Er legte den Arm um ihre Taille, sie lehnte sich gegen seine Schulter. »Sind wir Kinder!« flüsterte sie. »Ja«, sagte Albeida, »aber jetzt müssen wir vernünftig sein, es regnet stärker, wir müssen nach Hause.« – »Ja, ja, laufen wir.«

Und wirklich, Hand in Hand liefen sie durch den Regen bis an das Haus. Im Vorzimmer angelangt, blieben sie stehen, beide außer Atem, der Major keuchte ein wenig. Vom Wohnzimmer her klangen die hellen Stimmen der jungen Leute zu ihnen herüber.

»Albeida«, sagte Malwida und faßte den Arm des Majors, ihre Stimme klang angstvoll, »die Kinder dürfen heute noch nichts erfahren.« – »Nein, das ist unser Geheimnis«, entgegnete er.

Im Wohnzimmer fanden sie die beiden Brautpaare in einer Reihe auf dem Sofa sitzen. Sie schauten die Eintretenden neugierig und belustigt an. Das helle Gemach, das große Kaminfeuer, die acht blanken, kritischen Augen, all das erschütterte wunderlich Malwida, es war ihr, als fiele etwas Warmes und Schwüles, das sie eingehüllt hatte, von ihr ab, sie fror.

»Aber Mama«, sagte Aglaja, »wie unvorsichtig, nun bist du naß geworden, natürlich hast du morgen wieder einen entzündeten Hals.« – »Und wie du gelaufen bist«, sagte Edith. »Du bist ja ganz außer Atem, du bist wirklich unglaublich, Mama.« – »Setzen Sie sich an den Kamin, liebe Freundin«, meinte der Major, und Malwida dachte, würde er doch hier nicht mit dieser zärtlichen Stimme sprechen.

Nun saßen sie am Kamin und tranken Tee. Der Major fühlte sich sehr gemütlich, Malwida fand, daß er solche Ehemannsstellungen einnahm, und das mißfiel ihr. Der Referendar sagte jetzt etwas, und die vier auf dem Sofa begannen zu lachen; alle vier zugleich, hell und andauernd. Malwida kannte bei ihren Töchtern dieses Lachen mit dem Untergrund von Ungezogenheit, dann schwiegen sie wieder dort auf dem Sofa. Sie saßen da wie in einer Theaterloge, schauten mit blanken spöttischen Augen die beiden am Kamin an, als warteten sie auf etwas Unterhaltendes. Malwida fand das unerträglich. Wenn der Major nur jetzt nichts sagen würde, dachte sie, aber da begann er schon: »Eine denkwürdige Naturerscheinung, dieses Gewitter – unser Gewitter«, fügte er leise und innig hinzu. Malwida tat, als hörte sie nicht.

Aber nun hatte auf dem Sofa der Leutnant etwas gesagt, und das helle, anhaltende Gelächter brach wieder los. Nein, so ging es nicht weiter.

»Benehmt euch doch ein wenig ruhiger«, fuhr Malwida ihre Töchter an, »wie kann man so kindisch sein. Übrigens ist es Zeit, zu Bett zu gehen.« Und sie erhob sich, um das Zeichen zum Aufbruch zu geben.

In ihrem Zimmer hatte Malwida Eile, ins Bett zu kommen, sie wollte Stille und Dunkelheit um sich haben, allein, als die Stille und Dunkelheit da waren, lasteten sie auf ihr. Es war ihr eine Qual, an das eben Erlebte zu denken. Wie fremd und gespenstisch erschien ihr das alles, fremd und gespenstisch vor allem diese Malwida, die an der Buchsbaumhecke entlang gelaufen war und girrend gelacht hatte. Und dann der zärtliche Major mit den wunderlich glitzernden Augen. Nein, sie mochte daran nicht denken, sie wollte schlafen, sie war todmüde. Der Schlaf kam, aber unruhig und voller Träume. Sie stand im Traume wieder an der Buchsbaumhecke, der Major neben ihr. Er legte seinen Arm um ihre Taille, ja, er küßte sie. Aber die Brautpaare waren auch da und lachten ihr helles und hartes Lachen. Malwida und der Major begannen zu laufen, und die Brautpaare liefen ihnen nach und lachten immerzu. Gehetzt und atemlos erwachte sie.

Draußen strömte der Regen nieder, ein heftiger Wind rüttelte an den Läden. Irgendwo war eine Tür offen und knarrte verdrießlich und klagend in die Nacht hinein. Eine furchtbare Traurigkeit schien Malwida durch die Nacht zu schleichen. Was war denn geschehen? Ja, morgen, morgen mußte sie es ihren Kindern sagen. Wie sie sich davor fürchtete. Sie sah Aglajas böses und Ediths spöttisches Gesicht vor sich. Kinder, ich bin auch Braut, würde sie sagen. Das war ja unmöglich, das war zu lächerlich.

Wie ruhig und gemütlich könnte sie nicht den morgenden Tag erwarten, wäre all das nicht geschehen. Ihre Zimmer, ihr Kaminfeuer, ihr ganzes friedliches Leben warteten auf sie, und nun war der Major da und diese ganze fatale Liebesgeschichte, die so plötzlich wie aus einem unheimlichen Hinterhalt sie angefallen hatte. Unendliche Mutlosigkeit und Müdigkeit erfaßten sie. Warum ließ man ihr denn nicht ihre Ruhe. Wie ein körperlicher Schmerz nagten diese Gedanken an ihr und warfen sie ruhelos im Bette hin und her. Sie mußte einen Entschluß fassen. Gut, sie wollte morgen früh aufstehen und an Albeida schreiben. Er war edel und diskret, und dann war es, als sei nichts geschehen. Das half. Sie wurde ruhiger und schlief wieder ein.

Kalt und grau schlich der Morgen durch die Fenstervorhänge, als Malwida erwachte und nach ihrer Kammerzofe Jenny klingelte. Sie hatte Migräne, und ihr Hals schmerzte, wie Aglaja es vorausgesagt hatte. Während des Ankleidens war sie streng gegen Jenny. Als sie in das Wohnzimmer hinüberging, schalt sie den Diener, weil er nicht geheizt hatte; endlich setzte sie sich an ihren Schreibtisch, um an den Major zu schreiben.

»Lieber Albeida«, begann sie, dann hielt sie inne. Wie sollte sie es sagen? Sollte sie von einem Opfer sprechen, das sie ihren Kindern brachte? Es war wirklich schwer. Der Major war eine gute treue Seele, und sie mochte ihn nicht kränken. Während sie noch nachdachte, hörte sie knarrende Schritte, und der Major erschien, ein wenig bleich, ein wenig ältlich in dem unfreundlichen Lichte dieses Regenmorgens. Aber er lächelte freundlich und küßte Malwida die Hand. »Schon auf, verehrte Freundin.«

»Ja«, sagte Malwida, »ich habe nicht gut geschlafen. Aber ich freue mich, daß Sie gekommen sind. Ich – ich wollte eben an Sie schreiben.

Bitte, setzen Sie sich. So. Aber es ist besser so. Sie sind gut und fein und rücksichtsvoll. Sie ersparen mir das Schreiben und wohl auch das Sprechen.« Sie sah ihn dabei bittend an.

Der Major machte ein sehr ernstes, ja entschieden böses Gesicht, aber er schwieg und verneigte sich förmlich.

Malwida wandte den Kopf ab und schaute zum Fenster hinaus. »Ach«, dachte sie, »wie traurig das alles ist.« Da hörte sie den Major mit etwas heiserer Stimme sagen: »Ein merkwürdiger Wetterumschlag.« – »Ja«, erwiderte Malwida, ohne ihn anzuschauen. Sie wollte etwas Melancholisches und doch Tröstliches sagen: »Es kommen so Träume über uns, und da ist so ein nüchterner, grauer Morgen gut, er zwingt uns, zu erwachen.«

Da lachte der Major plötzlich, aber es klang ziemlich freudlos.

»O ja, es gibt Träume, bei denen gerade das Erwachen das Fatale ist. So träume ich auch noch zuweilen, daß ich avanciere, daß ich Oberst werde, und da ist es denn nicht besonders angenehm, immer wieder als – alter Major a. D. zu erwachen.«

Malwida wandte sich schnell ihm zu und legte die Hand auf seinen Arm. »Albeida«, sagte sie einschmeichelnd, »seien Sie nicht bitter, ich bitte Sie darum.«

Der Major wurde wieder förmlich: »Ich bitte Sie um Entschuldigung, gnädige Frau. Aber es ist vielleicht entschuldbar, daß einer ein wenig zusammenzuckt, wenn ihm eine Anweisung auf Lebensglück unerwartet mit einem dicken schwarzen Strich durchstrichen wird.«

Malwida schüttelte traurig den Kopf. »Nein, Albeida, nicht durchstrichen, ausradiert, ganz zart und vorsichtig, und dann ist alles wie früher.«

Der Major zog ein wenig die Augenbrauen empor, erwiderte jedoch nichts. Sie schwiegen nun beide und schauten in den niederrinnenden Regen hinaus, beide bleich, kummervoll und ältlich.

Da wurden im Nebenzimmer Stimmen laut, junge, scharfe Stimmen, helles, ausgelassenes Lachen. Malwida schreckte ein wenig zusammen. Auch der Major horchte auf. »Die da«, sagte er leise, »die sind glücklich.« Malwida lächelte matt: »Ach ja, das ist ihr Beruf.«

Albeida strich seinen Schnurrbart in die Höhe, klemmte sich ein Monocle in das Auge und erhob sich. »Merkwürdig«, sagte er, »das ist ein Beruf, für den ich nie den Befähigungsnachweis erbringen konnte.«

Grüss Gott, Sonne!

Die Vroni hatte beschlossen zu sterben. Während sie im Geschäft die Federn und Blumen in die Pappschachtel packte, um heimzugehen, war es ihr klar geworden. Wenn ein armes Mädchen einen Schatz hat, und der verläßt es und geht schon den dritten Sonntag mit der schwarzen Lena ins Wirtshaus, dann bleibt eben nichts übrig als der Tod, nicht wahr? Das Weinen und sich Härmen hatte Vroni satt. Mit der Eifersucht, die ihr wie eine Krankheit am Herzen fraß, weiterleben, war nicht möglich. Ernst band Vroni die Schnur um die Schachtel, nickte der Dame an der Kasse einen »Guten Abend« zu und ging in den Frühlingsabend hinaus. Fest in die helle Sommerjacke geknöpft, blonde, flatternde Löckchen auf der Stirn, wand sie sich flink durch das Gedränge. Auf dem Weg in die Vorstadt hinaus dachte sie über ihren Entschluß nicht nach; wozu auch? Der stand fest, und damit war's gut! Fleißig schaute sie nach rechts und links; ab und zu grüßte sie mit dem kurzen, lustigen Nicken der Münchner Mädchen, und als ein Berauschter an ihr vorübertaumelte, sandte sie ihm das rücksichtslose Lachen des Vorstadtkindes nach.

Jetzt war sie zu Hause und sprang leicht die vier Treppen zu ihrer Wohnung hinauf. Ihrer Zimmerfrau rief sie ein helles: »Grüß Gott, Frau Nestelmeyer!« zu, dann verschloß sie sich in ihrem Stübchen. Nachdem sie ordentlich, wie jeden Abend, Hut und Jacke beiseite gelegt, holte sie ein Fläschchen aus dem Kasten und setzte es auf den Tisch. Das hatte Frau Nestelmeyer ihr gegen Zahnweh gegeben. Viel war nicht darin, aber es trug einen Zettel mit einem Kreuz, einen Totenkopf unter dem Worte: »Gift« – da mußten wenige Tropfen genügen. So! Nun war sie fertig. Sie sann einen Augenblick: Nachtessen! Nein, wenn einer stirbt, braucht er kein Nachtessen. Das war selbstverständlich; allein es überlief Vroni bei diesem Gedanken doch so kalt. Sie fand es nun dumpf im Stübchen und öffnete das Fenster. Die Abendluft tat wohl. Vroni legte sich in das Fenster und schaute hinaus; sie hatte ja noch Zeit. Die Frühlingsdämmerung lag grau über den Dächern, auf der Straße erwachten die Gasflammen, eine Reihe gelber Lichtpünktchen, und oben, am bleichen Himmel, blinkte ein Stern mit weißem, unruhigem Glanz. Ein feuchtes Wehen kam aus der Ferne, die, von Nebel und Zwielicht verhangen, so unendlich und geheimnisvoll erschien. Und Vroni war es, als weitete sich auch ihre Seele, die enge, heiße Mädchenseele, in der die törichten Liebesschmerzen summten, wie Sommerfliegen, die sich in einer Tulpe gefangen haben. Sie fühlte sich so ganz allein diesem großen Schweigen und dem im Blau verlorenen Sterne gegenüber. Ja! So muß der Tod sein – so einsam und still und unendlich! Tiefes Mitleid mit sich selbst stieg in Vroni auf. Bleich und regungslos würden sie sie morgen finden; sie würden Blumen bringen und weinen, und er würde wohl wissen, wer sie da hineingetrieben. – Von unten aus der Finsternis stieg jetzt ein süßer, schwüler Duft auf. Dort mußte wohl in der Nacht etwas erblüht sein. Dieses Duften brachte Vroni wieder zur Erde und ihrem Kummer zurück. Sie dachte an Lena, an den Verrat ihrer Liebe und schluchzte vor Zorn und Eifersucht. Das müßte ein Ende nehmen; sie war zu unglücklich! Sie griff nach dem Fläschchen und leerte es auf einen Zug. Eine Weile stand sie regungslos da und wartete: »Der Tod kommt nicht so schnell«, sagte sie sich, sie hatte noch Zeit sich niederzulegen.

Vroni lag nun auf ihrem Bette und horchte in sich hinein, ob die unheimliche, rätselhafte Arbeit des Sterbens in ihr beginne. Es war doch wunderbar, so still dazuliegen und zu warten. Was wird geschehen? Sie werden sie aufbahren und zum Friedhof hinaustragen; gut! Das war denkbar. Aber wo war sie, die Vroni, dann? Nicht leben – nicht mehr sein – wie ist das? Das arme Mädchen, allein in der stillen, finstern Stube vor dieses furchtbare Rätsel gestellt, ihm anheimgegeben, ward von entsetztem Bangen erfaßt. Die Jugend in Vroni bäumte sich dagegen auf. Geängstigt wollte Vroni aufspringen, Frau Nestelmeyer rufen, doch dann kam es wie müde Mutlosigkeit über sie; die Glieder waren so schwer, die Augen fielen ihr zu: »Es hilft nichts, da kommt er schon, der Tod; da kommt er!« wiederholte sie matt, und es war ihr, als würde sie fortgetragen von einem grauen, weichen Nebelstrom, fort in farblose Dämmerung. Häuser, Straßen zogen vorüber, aber lichtlos und zerfließend; eine Welt von Nebel und Spinnweb. Vroni kämpfte dagegen an; sie wollte nicht mit; sie öffnete halb die Augen. Ja! Da war noch ihr Stübchen, aber auch dieses schien fremd und wesenlos. Vroni seufzte: »Also das war das Sterben!« Oder war sie schon gestorben? Eine widerstandslose Schlaffheit kam über sie, und die tat wohl. »Heilige Maria, bitt für uns!« betete sie. Über ihr, über der grauen Welt stand der Stern, und – da war auch die Muttergottes im blauen Mantel drüben von der Kirche, zu der Vroni das Wachsherz hinausgetragen hatte. Licht und rosig stand sie unter dem Stern, jetzt aber sank Vroni; schnell ging es abwärts. Der Stern und die Muttergottes wurden ganz klein – hinab – hinab –, und es wurde so finster und kühl; das war der Tod. Vroni schauerte in sich zusammen, sie fühlte es kalt über Arme und Brust hinstreichen und erwachte. Grelles, rotes Licht umflimmerte sie. Sie schloß die Augen wieder und lag regungslos da. Der Kopf schmerzte, und die Glieder waren wie zerschlagen, als hätte sie einen weiten Weg gemacht. Es schien ihr auch, als wäre sie weit fortgewesen und als könnte sie sich nicht mehr zurechtfinden. Etwas Trauriges war geschehen; was war es? Vroni schlug wieder die Augen auf. Allenthalben noch das rote Licht, auf den Wänden, auf der Bettdecke, auf dem Polster neben ihr, und dort auf dem Tische blinkte etwas wie ein Rubin – ein leeres Fläschchen. – Oh! Jetzt wußte Vroni alles! Sie hatte sterben wollen. War sie nicht tot? Warum lebte sie noch? Es war ihr doch, als ob alles aus gewesen wäre. Sinnend blinzelte sie in die Morgensonne und wußte nicht, wie ihr ward. Doch plötzlich erfaßte sie eine köstliche Unruhe, wie eine warme Welle jungen Blutes ergoß es sich über ihr Herz: »Ich lebe!« jauchzte sie auf, sprang aus dem Bette und stürzte an das Fenster. Da stand die Sonne, eine mächtige purpurne Kugel, und um sie her, hoch am klaren Himmel, hingen verstreute Wölkchen, rosig angeleuchtet, daß sie wie ausgelassene Engelkinder ausschauten, welche im glashellen Blau schwimmen. Der Morgenwind kam und brachte die Düfte all der tauigen Gärten mit, über die er hingestrichen. Unter dem Fenster aber hatte sich über Nacht ein kleiner, im Gemäuer verlorener Fliederstrauch über und über mit blauen Blüten bedeckt. Vroni hob ihre nackten Arme in den Sonnenschein hinauf; sie lachte über das ganze Gesicht und rief: »Grüß Gott, Sonne!«

Von der Straße schaute ein Vorübergehender verwundert zu dem Mädchen hinauf, das ganz in Morgenlicht gebadet, lachend der Sonne die Arme entgegenstreckte; er mußte auch lachen und antwortete:

»Grüß Gott!«

Grüne Chartreuse

Das Nachtmahl war beendet. Der lange Fritz, mit dem blassen, diskreten Gesichte, servierte den Kaffee und die Liqueurflasche; dann schloß er lautlos hinter sich die Türe.

Miezi und Egon, in ihre Sessel zurückgelehnt, schwiegen beide. Egon blies nachdenklich den Rauch seiner Zigarette vor sich hin. Er fand, daß sich plötzlich etwas wie Müdigkeit, fast wie Traurigkeit, über dieses Restaurationskabinett breitete, mit seinen festzugezogenen gelben Vorhängen, hinter denen der Regen an die Scheiben klopfte, mit seiner vornehmen Stille und der schwülen Luft, die nach Zigaretten und New-Mown-Hay roch. Seltsam! Vor wenig Wochen noch hätte der Gedanke, mit Miezi hier so vertraut und allein zu sitzen, ihn eine Seligkeit gedünkt. Gott! Wie krank vor Liebe war er damals gewesen! Und nun, da diese gefeierte, vielbegehrte, grausame Miezi sein war, nun diese Stimmung! Sinnend schaute er das Bild an, das der große Spiegel dort an der Wand ihm zeigte. Da lag er selbst im Sessel. Wie schmal er in dem schwarzen Gesellschaftsanzuge ausschaute! Wie bleich und müde das regelmäßige Gesicht sich gegen die Stuhllehne stützte. Das Leben genießen, ist nicht immer eine leichte Arbeit, das, fand Egon, sah man ihm an. Und neben ihm Miezi; die Arme lagen schlaff auf den Seitenlehnen des Sessels. Den Kopf hatte sie ein wenig zurückgebogen; die Lampen des Kronleuchters badeten ihr Gesicht in grellem Lichte, das es wunderbar weiß erscheinen ließ und der Haut einen matten Schmelz, etwas Überzartes verlieh unter dem sanften Flimmern der aschblonden Haare. Miezi schaute aus wie etwas sehr Kostbares und sehr Zerbrechliches; wie eine fremde, weiße Treibhausblume. Ihre Augen blickten starr empor, wie in tiefe und nicht lästige Gedanken versunken: »Was ihr nur heute sein mag?« sagte sich Egon. »»Oh! Ich sehe! Sie wird gefühlvoll, und dann kommt die Lebensgeschichte!« Er kannte sie, diese oft erzählte, wunderliche Geschichte, voll großer Namen und großer Geldsummen, und die jedes Mal ein wenig anders lautete. Da kam ein Schloß vor, auf dem Miezi geboren war; eine Kindheit voll vornehmer Unschuld; endlich ein russischer oder serbischer Fürst, der Miezi entführte, eine Geldkatastrophe in Monte-Carlo … Dann schob Miezi wohl gerne am linken Arm das Armband ein wenig hinauf und zeigte eine kleine, rote Narbe. Da hatte sie mit der Schere hineingestochen, als er sie verließ und sie sterben wollte. Ach ja! Wenn Miezi das erzählte, sah sie stets so hübsch sentimental aus … aber – Egon hatte die Geschichte schon so oft gehört und sie blieb doch so nebelhaft!

Miezi beugte sich jetzt vor, ergriff ihr Liqueurglas und nippte daran mit gespitzten Lippen; dann, Egon über das Glas hin anschauend, sagte sie ernst: »Das schmeckt nach Wald!«

»Ach ja, der Wald!« rief Egon gefühlvoll und trank sein Glas langsam aus: »Wer jetzt dort sein könnte – tief drinnen – allein mit ihm!«

Miezi sah Egon scharf an, dabei lag es wie Spott um ihre Lippen und in ihren Augen: »Geh! Was weiß so einer, wie du, vom Walde!«

»Ich!« erwiderte Egon und lächelte wehmütig. »Der Wald bedeutet für mich die Kindheit – die Jugend – Glück; ja, das einzige, ungetrübte Glück! Wenn ich so von zuhause durchbrennen konnte und von der Chaussee ab in den Wald bog, immer geradeaus über die glatten, braunen Tannennadeln, zwischen den Tannen durch, die mir das Gesicht wie mit kleinen, kühlen Nägeln zerkratzten, das war Glück. Das verstehst du natürlich nicht; aber so ist es. Auf der kleinen Lichtung, die gelb vom Sonnenschein dalag, warf ich mich in das Moos, glatt auf den Bauch und trank den Duft der sonnenwarmen Tage und dachte an nichts und fühlte mich unbändig wohl. Wenn dann die Libellen sich auf meine Brust setzten und die Hummel dicht über mein Gesicht hinläutete, dann fühlte ich, daß ich zu ihm, dem Walde, gehörte – zu der Gesellschaft der Tannen und Hasen, und das machte mich stolz.« Egon schwieg eine Weile, in seine Waldvision versunken, bis Miezi ihn mit einem scharfen: »Nun, und dann?« weckte. »Ja, das war Leben!« fuhr Egon fort. »Alles was später kam, war doch nur so zusammengedacht und nachgebildet; ja alles – selbst du, Miezi; denn auch die Liebe versteht der Wald besser. Im Frühling weht im Walde eine so mächtige Liebeslust, da muß ein jeder das Lieben lernen. Hier lockt der Haselhahn, auf dem trockenen Eichenwipfel girrt der Täuberich, von der Wiese klingt das tolle Lied des Birkhahns herüber; und erst des Abends, wenn der Himmel blaß und silbern wird und es weiß aus dem Sumpfe aufsteigt, dann kommt es über die Waldwipfel einsam und schwarz mit feuchtem, wohligem Quarren herangeflogen, die Waldschnepfe, die in der Dämmerung auf Liebesabenteuer ausgeht. Siehst du, da kann keiner allein bleiben; ein jeder muß mittun und sich nach einer umsehen.«

»Nun und?« fragte Miezi wieder spöttisch.

Egon lächelte seiner Erinnerung zu: »Nun ja, natürlich; ich sah mich um und fand die Lisei. Sie stand gerade mit hochgeschürztem Röckchen im Bach und fing Forellen. Die gelben Haare fielen ihr in Strähnen in das schmale, wilde Gesichtchen – und alles war so blank in der Abendsonne – das Wasser und das Haar und die braunen Arme der Lisei; das Gold floß nur so an dem Mädel nieder. Da sprang ich denn zu ihr in das Wasser, mitten in all' den Glanz hinein. Ja, das ist nun alles vorüber!« schloß Egon melancholisch. »Die Lisei hat wohl ihren langen Waldhüter genommen. Ich habe sie nicht mehr wiedergesehen. Wozu? Es ist doch alles vorüber.« – »O! Recht hat sie gehabt, die Lisei«, sagte Miezi und lachte dabei höhnisch und böse.

»Du spottest darüber«, meinte Egon, »natürlich. Für dich ist der Wald ja nur eine Dekoration; etwas, das keine Seele hat. Du kennst ihn nicht.«

Wieder lachte Miezi erregt: »Ich kann mir's denken, wie der Wald und die Lisei sich über so'n junges Herrchen gefreut haben werden, das einmal seinem Hofmeister durchgeht, um die Nase ins Grüne hinauszustecken! Was so einer vom Walde weiß! – Da muß einer frühmorgens, wenn der Himmel noch rot ist, mit den Schafen in den Wald. Kalt ist's dann freilich. Das Moos ist noch steif von Reif und knistert wie Seide. Ja und dann den ganzen Tag im Walde, jahraus, jahrein; da kann einer den Wald verstehen. Ich war so klein, als ich anfing die Schafe in den Wald zu treiben, daß ich in der großen, rundgebogenen Wurzel meiner alten Tanne ausgestreckt liegen konnte, wie in einem Bett. Später, da ging das nicht mehr. Der Friedel wollte die Wurzel durchhauen, damit ich darin sitzen könnte; das litt ich aber nicht. An meine Tanne durfte keiner rühren.«

»Ein Friedel war da auch!« warf Egon verwundert ein.

»Ja, der Friedel vom Steinhofbauern«, sagte Miezi, als müßte das ein jeder wissen: »Der Wald war meine Stube. Am Morgen sprachen die Bäume alle durcheinander. Die großen hatten ruhige, tiefe Stimmen, aber das Unterholz wisperte so fahrig drein. Um Mittagszeit schliefen wir, die Bäume und ich. Am Abend aber, wenn der Himmel blank durch die Stämme leuchtete, dann fingen sie wieder an, aber anders als am Morgen, größer, heiliger war dann das Rauschen. Ich vergaß mit dem Zuhören das Heimtreiben; erst wenn der Igel auf der Mäusejagd an mir vorüberging, besann ich mich darauf, daß es spät war. Unseren Gendarm nannte der Friedel den Igel.« Miezi lachte ein frohes, kindliches Lachen. »Jesus!« fuhr sie fort, langsam, wie im Traume, sprechend: »War der Friedel ein närrischer Bub! Eines Abends, es war das letzte Jahr, als wir die Schafe heimtrieben, faßte er mich um, hob mich auf und wollte mich bis an unseren Gartenzaun tragen. Ich hab' mich gewehrt; ich hab' ihn gebissen und gekratzt; der Friedel aber war stark. Er trug mich bis an den Gartenzaun und setzte mich mitten in das Mohnbeet hinein, daß ich ganz naß vom Tau wurde … Und dann, weil ich den Wald gern bei Nacht sehen wollte, sagte der Friedel, ich solle nur kommen, er wolle mich dort erwarten. So bin ich denn fort, als die anderen schliefen. Zwischen den Äckern und in der Birkenschonung, da ging es, da war es hell; aber im Walde wurde es ganz finster und die Tannen sahen schwarz und fremd aus und faßten sich feucht und kalt an, so daß ich sie nicht mehr kannte. Und auf den Zweigen saßen die Nachtraben und schnarrten und klatschten mit den Flügeln, als wollten sie mich foppen. Gott, die Angst! Und als die Eule zu rufen begann, so traurig, als geschähe ihr ein großes Leid, da lief ich – ich wußte nicht wohin – ich lief, bis ich über eine Wurzel stolperte und niederfiel. Da lag ich nun und wagte nicht, mich zu regen. Plötzlich hörte ich es über mir rauschen – ganz tief und ernst; das klang wie: ›ruhig, ruhig, ruhig.‹ Die Stimme kannte ich; das war ja meine alte Tanne. Ich drückte mich an ihren Stamm, ich griff nach einem niederhängenden Zweige, wie nach einer lieben Hand und sagte: ›Du bist's, nun ist's gut!‹ Da lachte der Friedel hinter mir im Dunkeln und sagte: ›Und so ist's besser!‹ und hob mich zu sich auf, der schlimme Bub.« Miezi schwieg und schaute vor sich hin, als blickte sie auf etwas, das sehr weit fort läge.

»Ich wollte, ich wäre damals bei dir gewesen«, sagte Egon zärtlich.

»Du!« erwiderte Miezi und sah ihn feindselig an. »Dich konnte ich damals nicht brauchen!«

»Aber das Schloß, Miezi, und der russische Fürst!« wandte Egon erstaunt ein.

»Geh!« sagte Miezi. »Was gehen mich deine dummen Schlösser und Fürsten an!« Dabei legte sie die Hand über die Augen und weinte.

Nachbarn

Das kleine Bergtal füllte sich mit durchsichtiger Dämmerung. Die fetten Wiesen lagen farblos da und der Bergbach, weiß in den sinkenden Schatten, begann lauter zu rauschen. Immer, wenn es abendlich still wurde, erhob er so die Stimme, um endlich im Schweigen der Nacht allein das Wort zu behalten. Vom See, der drüben hinter den Bäumen still und dunkel dalag, wehte es kühl herüber. Oben aber an den Berggipfeln hing noch roter Abendschein. Das Ehepaar von Bassel kehrte von seinem Spaziergange zurück, langsam, müde, die Glieder schwer von dem langen heißen Tage und dem weiten Wege. Sie gingen nicht nebeneinander, sondern hintereinander her. Oskar war Dina einige Schritte voraus, dann blieb er stehen, nahm seinen Hut ab und schaute zu den Bergspitzen empor, aufmerksam wie jemand, der entschlossen ist, einen Eindruck in sich aufzunehmen. Hier auf dem Lande hatte er sich einen blonden Bart stehen lassen, auch das Haar war ziemlich lang geworden. Aus dem hübschen, sonst so diplomatenhaft gepflegten Kopf war so etwas wie ein Dichterkopf entstanden. Oskar war auch überzeugt davon, daß ein Dichter in ihm stecke. In seiner Jugend hatte er Verse in Zeitschriften veröffentlicht, und jetzt sprach er stets davon, daß er den Plan zu einem bedeutenden Werke in sich trug. Wenn nur das Leben ihm Zeit dazu lassen würde, aber da war seine Anstellung im Finanzministerium, da war die Geselligkeit, er war beliebt, er war Lebemann, er war Sportsmann, wo sollte da die Zeit zum Dichten herkommen. Aber hier auf dem Lande, hier mußte auch dem Dichter sein Recht werden. Dina war stehengeblieben und schaute auch zu den Bergen auf. »O sieh doch«, sagte sie. – »Ich bin ja gerade dabei, das zu sehen«, erwiderte Oskar ärgerlich und ging weiter. Dieses kurze Zwiegespräch hatte sich manchen Abend schon wiederholt, wenn die Bergspitzen rot wurden, konnte Dina nicht umhin zu sagen: »O sieh doch!« und das verstimmte Oskar jedesmal, als würde das Abendrot ihm dadurch verdorben. Ja es wurde ihm gewiß dadurch verdorben, dachte Dina, denn wenn sie miteinander zankten, liebte es Oskar, zu sagen: »Ich weiß nicht, durch dich wird meine Natur verfälscht.« Nun, wahrscheinlich verfälschte sie ihm auch das Abendrot. Ja, Dina war unglücklich und begriff doch nicht, warum sie es sein mußte. Sie war doch so bereit, glücklich zu sein und glücklich zu machen. Das wollte ihr jedoch nicht gelingen. Wenn das Leben Oskar keine Zeit für seine große Dichtung ließ, so ließ es ihm noch viel weniger Zeit für Dina. Alles ging vor, die Geschäfte, die Vergnügungen, die Freundinnen, und für Dina blieben nur einige Stunden eines gereizten und säuerlichen oder einsilbigen Beisammenseins übrig. Dina konnte es nicht ändern, daß sie dann weinerlich und vorwurfsvoll und eifersüchtig war. Zuweilen allerdings kamen große Versöhnungsszenen, die für Dina große Festtage waren, sie gerieten jedoch zu bald in Vergessenheit. Nach solch einer Versöhnungsszene war es gewesen, daß sie diesen Landaufenthalt beschlossen hatten. Hier in der Einsamkeit, vor der großen Natur wollten sie sich wieder finden, hier wollte Oskar ganz den beiden Vernachlässigten, seinen Gedichten und seiner Frau leben. Anfangs war es auch hübsch gewesen, obgleich die Art, mit der Oskar seine Freundlichkeit unterstrich, ein wenig unbehaglich war und Dina befangen machte. Dann aber ging es mit dem Gedicht nicht recht vorwärts und Dina schien daran schuld zu sein, Oskar wurde bitter und Dina weinerlich, sie stritten oder sie schwiegen miteinander, und Dina fühlte, daß das Glück, welches sie nun zu halten geglaubt hatte, ihr wieder entwischte. Alles um sie her schien ihr traurig und bedrückend, diese Berge, diese hellen Tage, der starke, süße Duft der Wiesen und die fette Behäbigkeit der Kühe und Menschen. Das Melancholischste aber war stets dieses Heimkommen vom Abendspaziergange, wenn Oskar und sie so stumm hintereinander hergingen, die Müdigkeit lag schwer auf ihren Schultern, die gepflückten Feldblumen welkten in ihrer heißen Hand, und nichts, nichts war zu erwarten, das sie ein wenig glücklich machen konnte. Drüben in der niedrigen Bauernstube würden die Abendmilch und der langweilige Aufschnitt sie erwarten, und dann würden sie auf dem Balkon sitzen, in die Nacht hinaussehen, den Tönen lauschen, und Oskars Schweigen würde Dina wie eine körperliche Qual krank machen. Dinas hübsches rundes Gesicht, das ganz auf ein glückliches Lächeln eingerichtet war, wurde, während sie langsam hinter Oskar herging, kummervoll, und das Junge und Blühende in ihm, das es sonst hübsch machte, schien wie erloschen.

Aus dem Waldwege, der vom See heraufführte, bog jetzt ein zweites Paar in die Hauptstraße ein. Ein ganz junger Mann in gelbem Radfahrkostüm, schmalschulterig wie ein Knabe, den Hut in der Hand, das reiche schwarze Haar im Abendwinde flatternd, umschlang mit dem rechten Arm ein junges Mädchen. Sie war überschlank, ganz in Weiß gekleidet, das Haar, unbedeckt, hing feucht von Abendnebeln ihr über die Stirn. Sie lehnte sich ganz fest an ihren Gefährten, als sei es ihr schwer, ohne Stütze zu gehen.

»Das ist das Paar, das unter uns wohnt«, sagte Dina. »Ich sehe es«, erwiderte Oskar und nach einer Weile setzte er hinzu: »Ich weiß nicht, warum es dir ein Bedürfnis ist, mir alles was hier geschieht, sozusagen vorzustellen.«

»Ach, man sagt das so«, meinte Dina.

Oben in der Bauernstube, in der Oskar und Dina wohnten, standen in der Dämmerung die Milch und der Aufschnitt auf dem Tisch. Das Ehepaar setzte sich und begann schweigend zu essen.

»Kann es etwas Traurigeres geben«, dachte Dina, »als diese Mahlzeit?« Endlich wurde ihr das Schweigen so unerträglich, daß sie beschloß, etwas Freundliches zu sagen: »Ist dir auf dem Spaziergange etwas Hübsches für dein Werk eingefallen?«

Überrascht sah Oskar auf, und dann antwortete er in einem Ton, als habe Dina ihn beleidigt: »Was soll mir einfallen? Und überhaupt mein Werk! Ich liebe es nicht, wenn danach gefragt wird, etwa wie man fragt: Hast du noch Zahnweh?«

»Ach so, das wußte ich nicht«, entgegnete Dina spitz.

Eine Wohltat war es, als Resei die Magd in das Zimmer trat, um das Geschirr zu holen. Sofort begann Dina mit ihr zu sprechen: »Sagen Sie, der Herr und die Dame, die unter uns wohnen, was sind das für Leute?« – »Die«, erwiderte Resei, »mit denen ist es nicht ganz richtig. Da kennt man sich nicht aus. Verheiratet sind sie nicht, Geschwister sind sie nicht, tags sitzen sie zu Hause hinter geschlossenen Fensterläden, abends gehen sie fort und fahren auf dem See herum, bis es dunkel wird, und wenn sie heimkommen, sitzen sie dort auf dem Balkon die ganze Nacht und sprechen und sprechen. Und wie sehen sie aus, bleich wie die Gespenster, ordentlich zum Fürchten. Ja, was die haben, kann man nicht wissen. Er nennt sich Doktor Krammer und sie Adine Mieke, Studentin.« Und dann seufzte Resei und fügte hinzu: »Ja, es gibt so allerhand Leute.«

»So, so«, meinte Oskar, und damit war das Mädchen entlassen.

Oskar und Dina gingen auf den Balkon hinaus und schauten schweigend in die Nacht hinein. Sehr hell und unruhig flimmernde Sterne standen am Himmel über all dem Schwarz, welches auf dem Lande lag. Zuweilen erwachte ein Ruf irgendwo sehr weit und kam durch die Finsternis heran wie durch eine große schweigende Leere. Ein Gefühl unendlicher Einsamkeit ergriff Dina. Sie hätte weinen mögen, und angstvoll wartete sie darauf, daß er etwas sage, um sie aus dieser Einsamkeit zu reißen. Er schwieg jedoch oder pfiff zuweilen leise eine Melodie vor sich hin, welche Dina hoffnungslos traurig erschien. Plötzlich ließ sich eine Stimme vernehmen. Sie kam von dem unteren Balkon, eine tiefe, ein wenig singende Frauenstimme, die ihre Worte langsam aussprach, als wollte sie ihnen Zeit lassen, ein jedes für sich in die Finsternis hinauszufliegen. »Ach, du mußt Geduld mit mir haben, es wird kommen, ich weiß bestimmt, daß es kommen wird, aber heute wieder war es so eigen –«

»Wir haben Zeit«, erwiderte eine Männerstimme, die gegen den dunklen verträumten Ton der Frauenstimme unruhig und erregt klang, »natürlich wird es kommen, wie etwas Notwendiges, nicht einmal die Anstrengung eines Entschlusses wird es kosten. Es wird uns nehmen wie das Selbstverständliche, wie das Einzige, das wir wollen können.«

»Heute«, begann wieder die Frauenstimme, »heute auf dem See, da kam ein Augenblick, in dem ich es hätte tun können, als die Dämmerung kam und die Nebel um uns aufstiegen und alles um uns her wie fortgelöscht schien. Nichts war da als ein kühles Wehen. Da wollte ich dir sagen, jetzt – aber da sah ich plötzlich, daß in den Häusern am anderen Ufer die Lichter angesteckt wurden, kleine gelbe Punkte, und sofort stellte ich mir die Stuben vor, in denen die Lichter brannten und die Menschen, die dort eng und warm beisammen saßen, sicher hinter verschlossenen Türen – und da fror mich, und da »– – »Ich weiß, ich weiß«, fiel die Männerstimme ein, »aber du kannst ruhig sein, nächstens werden wir diese schmutzigen gelben Lichter nicht mehr ansehen können. Warte nur, bis wir ganz auf unserer Höhe sind.«

jetzt schwiegen die Stimmen. Dina hatte atemlos gelauscht, und als das Gespräch verstummte, da erfaßte sie ein Grauen, es war ihr, als hätten die beiden klagenden Stimmen in die Stille der Nacht ein unheimliches Fieber hineingelegt, etwas das lauert und droht und einsam leidet. Nein, sie hielt es nicht aus: »Ich zünde die Lampe an«, sagte sie und ging ins Haus. Oskar folgte ihr, er hatte blanke Augen und begann sehr angeregt zu sprechen: »Ein Schicksal vollzieht sich da unter uns, du wirst sehen. Das nenne ich ein Erlebnis, das nenne ich eine Impression.«

»Ich finde das unheimlich«, sagte Dina und schmiegte sich an Oskar.

Der Landaufenthalt gewann für Oskar jetzt an Inhalt, er sprach beständig von dem rätselhaften Liebespaar unter ihnen. Er versuchte es, ihnen zu begegnen, wenn sie zum See hinuntergingen, wartete mit großer Aufregung auf ihre Rückkunft, oder er stand am Seeufer und schaute zu, wie der Kahn mit den beiden Liebenden auf dem Wasser schaukelte. »Es ist klar«, sagte er zu Dina, »er reißt das arme Mädchen mit in sein Verderben, er hat sie hypnotisiert, ja, so sieht sie aus. Wenn man nur wüßte, man könnte sie vielleicht retten.«

»Wer? Du?« fragte Dina.

»Ja, warum nicht«, erwiderte Oskar eifrig. »Wenn ich sehe, daß ein Unglück geschieht, so ist es Menschenpflicht zu retten. Aber man weiß eben nicht. Übrigens habe ich sie heute ganz nahe gesehen, sie hat eins dieser schmalen, bleichen Gesichter, die so ergreifend sein können. Und dann die Augen, goldbraun, die aussehen, als seien sie müde von dem eigenen Glanze, den sie ausstrahlen müssen. Und der Mund, der so geistvoll Schmerz ausdrückt.«

»Du dichtest ja«, warf Dina hin. Allerdings, Oskar gestand, daß diese Begegnung ihn sehr anregte. Dina zog die Augenbrauen ein wenig empor, was ihrem Gesichte einen Ausdruck verleihen sollte, als langweile sie das Gespräch. »Für dein Talent«, meinte sie, »ist es schade, daß ich ein rundes Gesicht habe, keine müden Augen und keinen geistreichen Mund.«

»Unsinn«, brummte Oskar, dann fuhr er auf: »Ich wundere mich, daß du kein Mitleid fühlst. In solch einem Fall kann man sich doch einer gewissen menschlichen Teilnahme auch für Fremde nicht erwehren.« Dina zuckte die Achseln: »Mitleid schon, aber Damen in solchen Verhältnissen stehen mir so fern, daß mein Interesse für sie nicht sehr lebhaft ist.« Da lachte Oskar höhnisch: »Natürlich, ihr drapiert euch in eure bürgerliche Tugend und seid dann aller menschlichen Gefühle überhoben.«

»Ja, wünschst du denn, daß ich mich für solche Damen interessiere?« fragte Dina gereizt. – »Solche Damen?« wiederholte Oskar, machte eine abwehrende Bewegung, nahm seinen Hut und lief hinaus.

Er ging in den Wald. Die jungen Tannen der Schonung standen blank und regungslos in der Mittagssonne, durch die heiße Luft surrten zahllose winzige Flügel, ein Ton wie das regelmäßige Atmen eines Schläfers. Hier war es gut. Der Streit mit Dina hatte in Oskar die angenehme Erregung, das starke Empfinden, die sich in letzter Zeit in ihm anzusammeln begannen, zerstört, hier waren sie wieder da. Langsam ging er den Waldweg entlang, da sah er auf einer Bank die Fremde sitzen. Fräulein Adine Mieke im weißen Kleide, ohne Hut, die Hände im Schoß gefaltet, seltsam regungslos, als schliefe sie, aber ihre Augen waren weit offen und schauten starr und klar vor sich hin, das bleiche Gesicht trug den Ausdruck einer großen Müdigkeit, die sich unendlich wohlig an der Ruhe berauschte. Dieser Anblick erschütterte Oskar, er blieb einen Augenblick stehen, dann ging er entschlossen auf die Bank zu und setzte sich mit einem kurzen »Entschuldigen Sie«. Das junge Mädchen schrak heftig zusammen, errötete und antwortete: »O bitte.« Gleich darauf jedoch versank es wieder in sein müdes Vor-sichhinstarren und schien Oskar vergessen zu haben. Er aber fühlte, daß er etwas Bedeutsames sagen, etwas Bedeutsames tun mußte, er begann daher: »Das ist ungewohnt, mein Fräulein, sonst pflegen Sie bei Tage nicht auszugehen, denke ich.« Adine Mieke fuhr wieder zu-sammen, errötete und etwas wie Schrecken malte sich auf ihrem Ge-sichte, als sei sie auf einer unerlaubten Tat ertappt worden: »Ach ja«, erwiderte sie hastig, als müßte sie sich entschuldigen, »wir gehen bei Tage nicht aus, er, das heißt mein Freund, will das nicht, aber mir wurde es da drinnen hinter den geschlossenen Fensterläden so eng, ich konnte nicht atmen, es machte mich krank. Da bin ich ein wenig hinausgegangen.« Sie stieß das schnell hervor wie ein Kranker, der froh ist, auf eine teilnehmende Frage sein ganzes Leiden herauszusagen. »Daran tun Sie sehr recht«, erwiderte Oskar ergriffen von dem gequäl-ten Blick ihrer Augen. »Um diese Stunde hier still zu sitzen ist, denke ich, sehr heilsam; spüren Sie nicht auch, wie sich unser Körper hier mit Leben volltrinkt, zum Überlaufen voll. Wir können hier Leben auf Vorrat aufspeichern.« Oskar lächelte, Adine jedoch erwiderte dies Lä-cheln nicht, sondern machte noch immer ihr erschrockenes Gesicht. – »Oh, meinen Sie?« sagte sie. »Und das ist doch gut«, fuhr Oskar fort, »denn wir können doch nicht genug Leben in uns aufsammeln.« Das schien Adine zu ärgern, sie zog die Augenbrauen leicht zusammen, und ihr Mund zuckte, als sei sie böse und als wolle sie weinen. »Ich wollte mich hier ein wenig ausruhen«, sagte sie mit zitternder Stimme, »ich wollte nichts einsammeln und nichts trinken, und ich brauche keinen Vorrat, und jetzt muß ich auch gehen.« Sie stand eilig auf, nickte und lief den Waldweg hinab dem Hause zu. Oskar schaute ihr gerührt nach und sagte sich: »Oh, die hat noch Lebensvorrat genug in sich.«

Oskar erzählte Dina nichts von der Begegnung, war aber unterhaltend und liebenswürdig. Er sprach davon, daß die Natur mit jedem Tage einen tieferen Eindruck auf ihn mache, daß seine Dichtung in ihm wachse, »sie kommt, sie kommt«, sagte er und rieb sich vergnügt die Hände, es kam nur darauf an viel mit der Natur allein zu sein, sozusagen mit der Natur unter vier Augen. Dina griff seufzend nach ihrem englischen Roman, ach ja! darauf kam es immer heraus, daß sie einsam zu Hause sitzen mußte.

Abends hatte Oskar einen anstrengenden Wachtdienst, er folgte dem Paare, wenn es zum See ging, er nahm einen Kahn und fuhr auf den See hinaus, sein ganzes Wesen war gespannt vor Erregung, vor Angst, vor quälendem Mitleid, als gälte es, etwas ihm Teures zu retten. Den Tag nach ihrer ersten Begegnung hatte er Adine nicht auf der Bank getroffen, am folgenden Tage jedoch saß sie wieder da, die Füße von sich gestreckt, die Hände im Schoß gefaltet, ganz versunken in die Ekstase des Ruhens. Oskar setzte sich zu ihr, sie lächelte matt und sagte leise: »Ich bin doch wieder da.« – »Das ist gut, das ist gut«, meinte Oskar eifrig. »Ach nein, aber – er schlief gerade, da mußte ich hinaus. Sie sagten, hier trinke man sich mit Leben voll, ja so komme ich mir vor, wie ein Trinker, der sich heimlich fortstiehlt, um sich einen Rausch zu holen.« »Warum heimlich?« rief Oskar eindringlich. »Es ist ja unsere Pflicht, so viel Leben als möglich in uns hineinzubringen, das ist ja gut, wer kann uns das verbieten.«

Adine zuckte müde mit den Schultern: »Ach wozu! Es hat ja doch keinen Sinn.« – Oskar setzte sich zurecht, jetzt galt es etwas Entscheidendes zu sagen, jetzt galt es, dieses arme verzagte Wesen zum Leben zu überreden. Ihm wurde warm ums Herz, schließlich war er doch nicht umsonst ein Dichter, wenn er auch bisher keine Zeit für seine Dichtungen gefunden hatte. So begann er denn: »Bitte, mein Fräulein, es ist möglich, daß das Leben keinen Sinn hat, es ist sehr möglich, aber es braucht auch keinen Sinn zu haben, es ist für sich selbst genug. Und sehen Sie, in den Augenblicken, in denen es am wenigsten Sinn zu haben scheint, in denen es nur so in uns brennt und uns gedankenlos macht, da macht es uns am glücklichsten, da verstehen wir es ganz. Um solcher Augenblicke willen können wir schon manches Harte mit in den Kauf nehmen.«

»Warum sagen Sie das?« fragte Adine und sah Oskar erstaunt und böse an, er jedoch fuhr in ruhig belehrendem Tone fort: »Weil – nun weil es mir scheint, als hätten Sie das ein wenig vergessen. Nun also, hören Sie dem Summen hier zu, hat das einen Sinn? Es ist eben nur die wohlige Musik von tausend kleinen Wesen, die glücklich sind, zu leben. Bitte, sehen Sie dort die Hummel an, diesen hübschen, kleinen, goldbraunen Sammetball, wie sie gemächlich durch den Sonnenschein schlendert. Sie fliegt an den Blumen vorüber, sie hat nichts zu tun, als durch den Sonnenschein zu schlendern und schläfrig vor sich hinzu-singen. Nein bitte, sprechen Sie nicht, wir wollen jetzt nebeneinander sitzen und schweigen. Sie werden mich dann verstehen. Es ist nämlich nicht unwichtig, daß in solchen Augenblicken zwei nebeneinandersitzen, das gehört dazu, also bitte.«

Adine lächelte wieder ihr müdes Lächeln, aber sie schwieg gehorsam, faltete die Hände im Schoß und schaute der Hummel nach. Aus ihrem bleichen Gesichte wich alles Gespannte, Angstvolle, es war wie das Gesicht eines Menschen, der einschlafen will und noch ein wenig zögert, um zu fühlen, wie die Süßigkeit der Ruhe ihn überwältigt. Aus den unbewegten Augen aber rannen langsam Tränen über die blassen Wangen.

Abends, als Dina und Oskar auf dem Balkon saßen, tönten wieder die Stimmen der Nachbarn von unten herauf. »Wieder ein Tag vor-über«, sagte Doktor Krammer klagend. »Und warum? Ich frage war-um?« Adine antwortete, ihre Stimme zitterte, sie schien zu weinen: »Was kann ich dafür? Du sagst, es kommt ohne unser Zutun, ich warte.« Doktor Krammer lachte kurz und höhnisch auf, Dina fand dieses Lachen unheimlich. Unheimlicher noch war es, daß neben ihr in der Dunkelheit auch Oskar zu lachen begann. »Warum lachst du?« fragte sie. »Ich denke, du bist mitleidig.« – »Ich bin mitleidig«, erwi-derte er, »und deshalb lache ich.« Dina zuckte die Achseln. »Es war wohl Schuld der Dichtung«, dachte sie, daß Oskar jetzt solche Ausprü-che liebte, die ihr ganz unverständlich waren.

Für Dina kamen jetzt einsame Tage, die ihr unendlich lang erschie-nen. Sie sah Oskar fast nur zu den Mahlzeiten, ihre Spaziergänge mußte sie allein machen, oder sie saß auf dem Balkon und las den englischen Roman, vor sich das sonnige Tal in seiner fetten, farbigen Ruhe. Sie hätte viel um ein Ereignis gegeben, und wäre es auch nur wieder eine tüchtige Szene mit Oskar gewesen, Tränen und Versöhnung.

Eines Tages, als sie von ihrem heißen Morgenspaziergang heimkehrte und sich anschickte, auf Oskar zu warten, der täglich zu spät zum Mittagessen kam, da trat die Magd Resei ein und berichtete: »Der Herr lasse der gnädigen Frau sagen, er habe eilig in die Stadt müssen, er würde noch schreiben.« So, das war eine Neuigkeit, aber sie überraschte Dina nicht allzusehr, sie war an solche geheimnisvollen Entschlüsse bei Oskar gewöhnt. »Ja, unten beim Bauern«, berichtete Resei weiter, »hatte der Herr den Wagen bis zur Station genommen.« So, nun, dann konnte Resei das Mittagessen bringen. Das Mädchen ging, in der Türe blieb es stehen, als hätte es noch etwas zu sagen. Dina schaute erwartungsvoll auf. »Ja – und«, begann Resei zögernd, »der Bauer sagt, drüben am Walde ist das Fräulein, das hier vom Doktor unten, in den Wagen gestiegen und mitgefahren.« Resei schaute Dina nicht an, sondern ging eilig zur Türe hinaus. Dina war ein wenig bleich geworden, sie bog den Kopf auf die Lehne des Sessels zurück. »Ach Gott, wieder das, immer wieder das! Wahrscheinlich wieder solch ein Erlebnis.« Wenn Dina eifersüchtig war, pflegte Oskar zu sagen: »Ich nehme dir nichts, aber ich bedarf solcher Erlebnisse, wie der Maler seiner Farben.« Es erregte Dina kaum, nur eine trostlose Müdigkeit machte ihr das Herz schwer. Sie beschloß, nicht mehr auszugehen, sie schämte sich vor den Leuten, die jetzt doch alle wußten, was geschehen war, sie wollte ruhig auf ihrem Stuhle sitzen und sich nicht rühren. Jetzt zwar fühlte sie nur müde Resignation, aber das Unglücklichsein würde noch kommen, das kannte sie aus ähnlichen Fällen. Langsam vergingen die schwülen Nachmittagsstunden mit ihrem Fliegengebrumm und den grellen Sonnenstrahlen, die durch die Spalten der Jalousien in die Dämmerung des Zimmers hineinstachen. Dann kam die Abendkühlung, der Wind flüsterte in den Bäumen, und der süße, starke Duft der Wiesen drang herein, wehte wie Trost in dieses Zimmer, das Dina ganz voll und schwer voll Traurigkeit zu sein schien. Endlich hingen rosenrote Abendwolken an den Berggipfeln. Es wurde an die Türe geklopft, Dina sagte »Herein«, ohne aufzuschauen, sie glaubte, es sei die Magd. Als die Türe sich aber öffnete und wieder schloß, schaute sie auf. Ein Herr stand an der Türe, Doktor Krammer, mit seinem wirren, schwarzen Haar, den aufgeregten Augen im bleichen Gesicht und den ungelenken Schülerbewegungen. Er verbeugte sich hastig. »Oh, der!« dachte Dina und sah ihn mit Abneigung an. Was wollte der? O nein, der durfte an sie nicht heran, ihre Sache und seine Sache hatten miteinander keine Verbindung, und sie war zufrieden mit dem kalten, hochmütigen Tone, in dem sie fragte: »Sie wünschen, mein Herr?« Doktor Krammer stolperte vorwärts und begann zu sprechen: »Verzeihen Sie, gnädige Frau, ich wollte Sie um Gehör bitten, nur einige Worte.« Dina wies auf einen Stuhl hin, Krammer setzte sich, rang die Hände ineinander und stieß mühsam hervor: »Sie wissen es vielleicht schon, gnädige Frau, Ihr Gemahl hat heute mit meiner – meiner Freundin den Ort verlassen.« – »So höre ich«, sagte Dina in einem Ton, als handle es sich um die gleichgültigste aller Nachrichten. Der junge Mann schaute sie erstaunt an, verzog seltsam sein Gesicht, sann einen Augenblick vor sich hin und murmelte: »Das habe ich nicht erwartet, daß das so aufgefaßt wird, habe ich nicht erwartet.« Er schüttelte sich, als fröre er, und als er zu sprechen begann, überschlug sich seine Stimme und er sprach schnell, als fürchtete er, unterbrochen zu werden: »Daß das Ereignis hier so aufgefaßt wird, konnte ich nicht erwarten. Ich könnte nun gehen, ich will nur noch sagen, daß dies Ereignis für mich ein Unglück, ja das Unglück meines Lebens ist. Mit diesem jungen Mädchen hatte ich einen Bund geschlossen, der fester, ich kann wohl sagen heiliger ist als jeder andere Bund und nun – diese gemeine Trivialität des Lebens, die alles zerstört.« Er schwieg, rang seine Hände ineinander, daß sie knackten, und sein Gesicht zuckte, als wollte er weinen. – »Es tut mir sehr leid«, sagte Dina jetzt teilnahmsvoll, »aber wie kann ich »– – »Nein, Sie können mir nicht helfen«, unterbrach der junge Mann sie hastig, »es war ein Irrtum von mir. Ich bin mein ganzes Leben unglücklich gewesen, daran bin ich gewöhnt, aber ich verstand es nie recht, allein unglücklich zu sein, ich suchte immer einen Gefährten meines Unglückes, jetzt glaubte ich ihn gefunden zu haben, es war eine furchtbare Enttäuschung, und in meiner Aufregung meinte ich hier oben etwas wie den Kameraden meines Schmerzes zu finden, es war sehr töricht, verzeihen Sie, gnädige Frau, daß ich gestört habe, so will ich wieder gehen.« Er blieb jedoch sitzen und schaute vor sich nieder. Dina sah ihn mitleidig und neugierig an: »Was werden Sie jetzt tun?« fragte sie. »Werden Sie etwas schreiben?« – »Schreiben!« fuhr Krammer auf. »Sie wollen über mich spotten.« Dina errötete: »O nein, Herr Doktor, gewiß nicht, ich höre nur immer, daß man Erlebnisse nötig hat, um etwas zu schreiben. Es war natürlich dumm, das zu sagen.« Krammer lächelte verzeihend. »Was ich tun werde«, meinte er, »nun, das ist jetzt gleich, ich werde leben«, und er erhob dabei die Stimme, »ich sehe ein, das Leben ist so gemein, daß ein edler Tod darin nicht Platz hat.« Dieser Ausspruch schien ihm seine Haltung zurückzugeben, er erhob sich, machte ein hochmütiges Gesicht und verbeugte sich. Dina nickte ihm zu: »Ach ja, Herr Doktor, tun Sie das, und wenn das Fräulein das erfährt, wird sie gewiß wieder –« Er jedoch machte eine abwehrende Bewegung und verließ das Zimmer.

Die Dämmerung erfüllte das Gemach, Dina saß noch immer auf ihrem Platze, sie dachte an Krammer, anfangs mit leichtem Grauen, dann mit Mitleid und endlich dachte sie an sich, und da wurde das Mitleid so groß, daß sie lange still vor sich hinweinte.

Der Beruf

Der alte Jahne, der Gemeindeabdecker, war gestorben und wurde bestattet. Die Beerdigung war groß und feierlich. Die ganze Gemeinde in Sonntagskleidern erschien auf dem kleinen Friedhof. Der Gutsherr hatte reichlich Branntwein gespendet. Der Schulmeister hielt am Grabe eine Rede. Er sprach davon, wie treu Jahne sein Amt verwaltet hatte; wie Gottes Segen auf seiner Arbeit geruht; wie er von allen geliebt und geachtet worden war. Die Frauen weinten, die Männer nickten andächtig. Recht hatte der Schulmeister! Jahne war ein guter Mensch gewesen. Durch dreißig Jahre hatte er die gefallenen Tiere abgezogen, die Kloaken gereinigt und den Komposthaufen im Gutshofe gebaut. Was wäre aus der Gemeinde ohne Jahne geworden! Gern gab jeder ihm, wenn er kam, Branntwein und gut zu essen und das Geld für die Arbeit. So war Jahne ein geachteter Mann und hatte ein hübsches Einkommen. Zwar durfte er nicht mit den andern an demselben Tische essen, durfte das Brot nicht anfassen, nicht aus dem Kruge trinken oder in dem Bette eines anderen schlafen. Na ja! Das war mal so. Das brachte das Handwerk mit sich. Eine hübsche, helle Maisonne schien zu des alten Jahnes Bestattung. Der Friedhof war grellgrün von dem jungen Grase. Auf den Gräbern standen Anemonen, weiß wie Milchpfützen. Nach der Feierlichkeit saßen die Frauen noch ein wenig auf den sonnenwarmen Steinen der Friedhofsmauer, sonnten ihren Putz und schwatzten. Bille, die Frau des roten Jehze, führte das große Wort. Seit gestern war sie ja Frau des Neuen Abdeckers. Das erhitzte Gesicht mit den runden Augen, der Stumpfnase, dem lippenlosen Munde, glich einem rosa Totenköpfchen und glänzte vor Stolz: »Ja, Glück habt ihr gehabt«, sagte die Hofes Wäscherin. »Klug muß man sein«, meinte Bille. »Gleich, als der Jahne krank wurde, sagte ich zu Jehze: Du nimmst die Stelle. So'n Mann is ja dumm! Nein und nein, er hat nich' das Herz dazu. Hat denn der Jahne mit dem Herzen gearbeitet?« Alle lachten. »Na -« fuhr Bille fort, »ich bin zum Herrn gegangen und habe gesagt: Jehze bittet um die Stelle. Der Herr war froh, denn er hält große Stücke auf den Jehze.« – »Was sagte der Jehze dazu?« fragte die alte Marri. – »Er schimpfte und schlug mich«, erwiderte Bille, »aber, da half nichts; fest ist fest. Wenn der Herr einem die Ehre antut, kann einer nich' nein sagen.« – »Leichte Arbeit und die Einnahmen«, meinte die Wäscherin, »nu ja, mehr als beim Wäschewaschen kommt dabei schon raus.«

Jehze kam langsam auf die Sprechende zu; kurz, breit, den großen Kopf tief zwischen den Schultern, das Gesicht voll roter Haare. Er lehnte sich an die Mauer, drehte eine Anemone zwischen den Fingern und murmelte: »Blümchen, Blümchen.« – »Von eurem Glück sprechen wir«, sagte Marri. Jehze kratzte sich den Kopf: »Ja, Glück -« meinte er, »es gibt verschiedenes Glück.« – »Nein«, schloß Bille streng die Unterhaltung, »Glück is Glück, und Arbeit is Arbeit. Seidene Strümpfe kann nich' jeder zu stopfen kriegen.«

Endlich brach man auf. In der Knechtskaserne, bei Katte, der Tochter des Verstorbenen, war ein Festessen angerichtet. Allen voran ging Bille, sehr aufrecht in ihren bunten Tüchern, lächelnd. Es war heute auch ein wenig ihr Ehrentag. In der kleinen Knechtsstube setzten die Gäste sich an den weißen Brettertisch. Jehze, in seiner stillen, befangenen Art, ging auch an den Tisch, setzte sich auf die Bank und wischte sich die Lippen. »Nee, Jehze – hier nicht«, rief Katte, »dein Tisch is dort«, und sie wies auf die Fensterbank, wo Bille schon thronte. Alle lachten. »Der kennt seine Krippe noch nicht«, hieß es. Jehze wurde sehr rot, erhob sich und schlich zu der Fensterbank hinüber. »So«, sagte Katte, »hier is dein Brot und dein Fleisch und dein Glas; alles für dich separat, wie für'n Grafen.« – »Wie denn anders«, meinte Bille. Das Essen begann, es wurde still im Gemache. Plötzlich erscholl Billes scheltende Stimme: »Was is nu? Warum ißt du nicht?« Jehze war aufgestanden. Er zog den Kopf noch tiefer zwischen die Schultern; dabei haute er das Brot auf die Fensterbank. »Wenn ich nicht kann, so kann ich nicht«, brachte er mühsam hervor, »so nicht – wie – wie – ein Gespenst.« Dann spie er aus und eilte – wie gejagt zur Türe hinaus. Alle hielten im Kauen inne. Dann brach ein schallendes Gelächter los. »Is der dumm!« – »Na ja – die Männer sind so«, meinte Bille, »er wird sich gewöhnen. An was Gutes gewöhnt sich jeder.« Damit band sie Jehzens Brot und Fleisch in ein rotes Tuch ein.

Die Soldaten-Kersta

Es hatte angefangen ein wenig zu tauen. Der Novemberschnee auf dem Kirchenwege war naß und der schwere Schlitten bewegte sich springend und rüttelnd vorwärts. Vier Rekruten-Weiber saßen in ihm: Marri, Katte, Ilse und Kersta, die Tochter der Häuslerin Annlise. Sie kamen von der Trauung in der Kirche. Morgen sollten ihre Männer fort unter die Soldaten. Über die Brautkronen hatten sie große blaue Tücher gelegt; so saßen sie wie vier spitze, blaue Zuckerhüte in dem Schlitten und wackelten bei jedem Stoß. Der Rüben-Jehze kutschte sie. Sehr betrunken, peitschte er unbarmherzig auf die kleinen, zottigen Pferde ein. Die Männer kamen hinterdreingefahren, je zwei in einem Schlitten. Es war viel getrunken worden, und sie sangen mit lauten, heiseren Stimmen. Die Frauen schwiegen und wackelten geduldig in ihren blauen Tüchern hin und her.

Kersta war die Kleinste von ihnen. Mit einem runden, rosa Gesichte, runden hellblauen Augen, einer runden Nase, sah sie wie ein Kind aus. Nur der Mund mit den herabgezogenen Mundwinkeln war der ein wenig harte und sorgenvolle Mund der litauischen Bauerfrau. Unverwandt starrte sie in den grauen Nebel hinaus, der über dem flachen Lande lag. Wunderlich schwarz nahmen sich die Wacholderbüsche und die Saatkrähen in all dem Grau aus, während die entlaubten Ellern wesenlos, wie kleine rötliche Wolken, auf der Heide standen. Vor Kerstas Augen schwankte dieses ganze, farblose Bild sachte, sachte, als säße sie auf einer Osterschaukel und würde langsam hin und her gewiegt. An jedem Kruge hatten sie Halt gemacht, und Kerstas langer, blonder Thome war an den Schlitten der Frauen herangetaumelt mit der Branntweinflasche: »No, is die junge Frau totgefroren, was?« Dabei reichte er ihr die Flasche. Kersta lächelte dann ein wenig mühsam, denn die Lippen waren steif von der Kälte, und trank. Der Branntwein machte die Glieder angenehm warm und schwer, dazu nahm er die Gedanken fort, und das ist auch gut. Immer wesenloser wurde die graue Nebelwelt vor Kerstas Augen; selbst Jehzes breiter Rücken schien immer weiter fortzurücken.

Dafür kamen aber die Eindrücke des Tages ihr mit einer bildlichen Deutlichkeit in den Sinn, wie Träume; immer wieder, immer dieselben, wie Menschen, die auf dem Karussell auf dem Jahrmarkte in Schoden an einem vorbeifliegen: – Hochzeit – Hochzeit. – Am Morgen das Überwerfen des feinen, weißen Brauthemdes, fein und kalt, daß es Kersta bis in die Fußspitzen erschauern ließ; – die Brautkrone, die so fest auf die Stirn gedrückt worden war, daß es schmerzte. Jetzt mußte ein roter Streif auf der Stirne sein. Dann die Kirche. Feierlich kalt war's da drin. Kerstas neue Schuhe klapperten hübsch auf den Steinfliesen des Fußbodens. Sie mußte achtgeben, nicht auszugleiten, wie auf dem Eise. Der Pastor hatte ein rundes, rotes Gesicht, und er schmatzte im Sprechen mit den Lippen, als schmeckte ihm etwas gut. Aber schön hatte er gesprochen; von dem Fortgehen der Männer und vom Treubleiben und von Gottes Wort. Kersta hatte geweint, natürlich! Soldatenfrauen weinen immer bei der Trauung, das weiß man. Weinen tut auch gut, weinen, so, daß das Gesicht warm und naß wird, und dazu ganz tief seufzen, so daß die Haken am Mieder krachen. Sie hatte stärker geweint als die anderen Frauen, das konnte sie wohl sagen, wenn später darüber gestritten wurde. Nachher im Kirchenkruge war getrunken worden und die Männer hatten untereinander Streit angefangen. Alles war gewesen, wie es auf einer Hochzeit sein muß. »Hochzeit – Hochzeit« bimmelten die Schellen an Jehzens kleinen Pferden, und Kersta begann ihren Traum wieder mit dem feinen, kalten Brauthemde.

Die drei anderen Frauen schwiegen auch und schauten mit demselben stätigen Blick, der nichts zu sehen schien, in den Nebel. Nur als ein Hase vom Felde quer über den Weg setzte – da riefen alle vier: »Sieh – ein Hase« – und sie lächelten mühsam mit den steifgefrorenen Lippen.

Im Dorfe hielten sie vor dem Kruge. Dort standen schon die Hochzeitsgäste in ihren Festkleidern und schrien. An die blinden Fensterscheiben der Dorfhütten drückten sich bleiche Frauen- und Kindergesichter. Alle wollten die Bräute sehen. Das gab Kersta wieder ein starkes Festgefühl. Eine junge Frau sein, die von der Trauung kommt, ist eine Ehre und der Hochzeitstag der schönste Tag des Lebens.

Vor der Krugstüre wartete Kersta auf Thome, denn sie mußte mit ihm zusammen in das Haus gehen. Sehr ernst stand sie da und sprach mit den alten Frauen über den Weg; selbst der Gemeindeälteste redete sie an, und die Mädchen starrten neugierig auf ihre Brautkrone. Kersta, die Tochter der Häuslerin Annlise, war es nicht gewohnt, von allen achtungsvoll und freundlich angesehen zu werden, sie war klein, arm, hatte nur eine Ziege und zählte bisher nicht mit. Aber, wenn eine Hochzeit hält, dann ist sie schon was.

Kerstas rundes Kindergesicht wurde rot und blank wie ein Apfel vor Stolz. Nun fuhren auch die Männer singend und schreiend vor. Thome kam mit unsicheren Schritten auf Kersta zu, faßte sie um den Leib und hob sie in die Höhe: »Klein is sie«, sagte er, »aber schwer wie'n Mehlsack.« Alle lachten. Kersta errötete vor Freude und war Thome sehr dankbar.

In der großen Krugsstube setzte sich die Hochzeitsgesellschaft an die weißen Brettertische. Alle wurden still und ernst und machten sich über die Milchsuppe mit Nudeln her. Ein lautes, gleichmäßiges Schlürfen war eine Weile der einzige Ton im Gemache. Dann kam das Schweinefleisch, dann das Schaffleisch, dann wieder Schweinefleisch. Der Dampf der Speisen erfüllte die Luft, wie mit einem dichten, heißen Nebel. Kersta aß eifrig, aß so viel, daß sie sich endlich erschöpft zurücklehnte und die untersten Haken ihres Mieders aufspringen ließ. »Das ist nun die Hochzeit. Ja, schön ist sie!« sagte sie sich. Leicht strich sie mit der Hand über Thomes Rockärmel. Der war nun ihr Mann, der gehörte ihr. Gut ist es, wenn man einen Mann hat. »Trink, junge Frau trink!« sagte Thome.

Draußen begann es zu dämmern; es wurde Licht in die Stube gebracht, Talgkerzen, die in Bierflaschen steckten. Im dunstigen Zimmer bekamen die kleinen, gelben Flammen buntschillernde Lichthöfe. Die Musik: eine Geige, eine Klarinette und eine Ziehharmonika – spielte eine Polka. »Ja – tanzen!« Kersta seufzte ganz tief vor Behagen. Sie trat einen Augenblick vor die Haustüre hinaus. Der Abend war dunkel, ein feuchter Wind fegte über den Schnee hin, die Wolken, grau, wie ungebleichte Leinwand, hingen ganz niedrig am Himmel: »Morgen gibt es Schnee«, dachte Kersta. An der stillen Dorfstraße entlang kauerten die Hütten; hie und da blinzelte ein schläfriges Licht hinter einer Fensterscheibe, ein Kind weinte, eine Frau sang ein Wiegenlied, immer dieselbe müde, langgezogene Notenfolge. Und dort unten, am Ende der Straße, das kleine, schwarze, stille Ungeheuer, das war die Hütte der Mutter Annlise. Morgen wird alles vorüber sein, als sei nichts gewesen. Kersta wird wieder dort unten mit der Mutter hausen und … Sie fuhr sich mit dem Ärmel über die Augen. Warum ihr das Weinen kam? Dazu war morgen Zeit genug!

Sie ging hinein und tanzte. Das war gut. Wenn man beständig und gewaltsam von einem rücksichtslosen Männerarm gedreht wird, wobei einem die große, heiße Männerhand auf dem Rücken brennt, das nimmt die unnützen Gedanken weg. Nur der Körper bleibt, mit dem warmen Rinnen des Blutes und dem Pochen des Herzens. Die Welt ringsum wurde für Kersta immer undeutlicher und traumhafter. Ernst und eifrig drehten sich die schweren Gestalten in dem dichten Tabaksqualm, die Männer schlugen im Takte mit den Absätzen auf, es klang, wie fleißiges Dreschen auf der Tenne. »So muß es sein! Das ist das große Vergnügen des Lebens!« fühlte Kersta. Später bekamen die Männer Streit, es wurde gerauft. Kersta griff ein, wie die anderen Frauen, aber dieses Mal mit dem stolzen Gefühle, für ihren eigenen Mann zu schreien und den anderen Männern in die Haare zu fahren. Endlich führten die Burschen und Mädchen singend das Paar die Dorfstraße hinab, zu der Hütte der Annlise, wo das Brautbett aufgeschlagen war.

Während Kersta in der kleinen Stube das Licht ansteckte, warf Thome sich schwer auf das Bett. Er war sehr betrunken und schlief sofort ein. Kersta zog ihm die Stiefel aus, rückte das Kopfkissen zurecht, dann legte auch sie sich nieder. Die Glieder waren ihr wie zerschlagen. Wenn sie die Augen schloß, war es ihr, als schwankte das Bett hin und her, wie ein Kahn.

Wirklich schlafen jedoch konnte sie nicht. Wenn der Traum anfing, wenn sie wieder in der Kirche stand, oder im Kruge sich drehte, daß die Bänder der Brautkrone wie Peitschenschnüre schwirrten, dann ließ etwas sie auffahren, als schüttele sie jemand. Sie starrte in die Dunkelheit hinein und sann: Etwas Schlechtes wartete auf sie; was war das doch? Ja so! Morgen geht der Mann fort –, und das alte Leben geht weiter – die Hochzeit ist vorüber und nichts – nichts Gutes mehr für lange Zeit? Draußen dämmerte der Morgen. Die Fensterscheiben wurden blau. Kersta richtete sich auf und betrachtete Thome. Er lag in schwerem Schlaf; das blonde Haar hing ihm wirr und feucht um die Stirn, das Gesicht war sehr rot, aus dem halbgeöffneten Munde kam ein tiefes, regelmäßiges Schnarchen. Langsam strich Kersta mit der Hand über seine Brust, seine Arme: »Schlaf, schlaf!« sagte sie wie zu einem Kinde. Ihr Mann, der gehörte ihr, wie ihr Hemd, ihr Garn, ihre Ziege, mehr als die Ziege, denn die gehörte auch der Mutter. Das war gut! Nun hatte sie das, was alle Mädchen wollten, um was sie alle beteten – einen Mann; und groß war er und stark.

Aber was hatte sie davon, wenn sie ihn gleich wieder fortgeben mußte? Gott, es war besser, über solch eine Schweinerei gar nicht nachzudenken! Kersta stieg aus dem Bette und nahm den Melkeimer. Sie wollte die Ziege melken.

Draußen wehte es stark, und es fiel ein feuchter Schnee. Die Ebene lag graublau in der Morgendämmerung da. Am Horizont, über dem schwarzen Strich des fernen Waldes hing ein weißes, blindes Scheinen. Wie jeden Morgen blieb Kersta stehen, schützte mit der Hand die Augen, zog die Nase kraus und schaute ernst und mißmutig dem aufsteigenden Tage entgegen. Und die Dorfstraße entlang, vor den kleinen, grauen Häusern standen andere Frauen mit ihren Melkeimern, wie Kersta die Augen mit der Hand schützend, und blickten ernst und mißmutig in das graue Dämmern, als hätten sie von dem kommenden Tage etwas zu erwarten.

Kersta fror. Sie lief in den Stall, in den niedrigen Bretterverschlag, in dem die Ziege, das Schwein und die Hühner wohnten. Die Luft war hier warm und schwer. Die Hühner schlugen auf der Stange mit den Flügeln. Das Schwein grunzte gemütlich vor sich hin.

Kersta kauerte bei der Ziege nieder und begann zu melken. Angenehm heiß rann die Milch über ihre Finger. Eine wohlige Schlaffheit überkam die kleine Frau. Sie stützte ihren Kopf auf den Rücken der Ziege und weinte, nicht das starke, offizielle Weinen, wie bei der Trauung und wie sie heute in der Stadt weinen würde, wenn der Mann abfährt; nein, ein Weinen, wie sie es als Kind kannte. Die Tränen kamen leicht, badeten das Gesicht, als wüsche sie sich in lauwarmem Wasser; dabei wurde das Herz weich vor Mitleid mit sich selber. Im Weinen schlief sie ein, traumlos und süß. Die Ziege hielt ganz still, wandte den Kopf und sah die Schlummernde mit den gelben, friedlichen Augen mütterlich an. Kersta erwachte davon, daß die Mutter neben ihr sagte: »Guter Gott! Is die beim Melken eingeschlafen! Was gehst du heute auch zum Melken!«

»Einer muß's doch tun«, erwiderte Kersta schlaftrunken.

»Tun!« meinte Annlise. »Und dabei schlafen.« Die Stimme der Alten war brummig wie gewöhnlich, dennoch hörte Kersta heute etwas wie schmunzelnde Achtung heraus. Naja, mit einer Frau spricht man anders als mit einer Marjell: »Geh nur, mach Feuer, der Mann muß früh fort.«

Kersta sprang auf. Ja, richtig! Heute war noch kein gewöhnlicher Arbeitstag; heute durfte sie noch die Sonntagskleider anziehen und zur Stadt fahren; heute würde sie noch von allen bemerkt und bemitleidet werden. Das tröstete ein wenig. Die Rekruten sollten in einem großen Schlitten von dem Gemeindeältesten zur Stadt gebracht werden. Die Mütter, Väter und Frauen wollten nachfahren, um im Bahnhof Abschied zu nehmen.

Während des Frühstücks sprach Thome nur von dem Prozeß und gab seiner Frau Verhaltungsmaßregeln. Das kleine Dundur-Gesinde, links vom Dorf zum Walde hin, war von dem Peter Ruze in Besitz genommen worden; es kam aber Kersta zu, denn sie war das einzige Geschwisterkind des verstorbenen Wirtes, während Peter nur der Mann der Stieftochter war. Thome hatte in Kersta die Anwartschaft auf das Dundur-Gesinde geheiratet, und es war Kerstas Aufgabe, in seiner Abwesenheit ihren Anspruch durchzusetzen: »Geh zum Advokaten Jakobsohn, der is klug, die Juden sind immer die Klügsten, und billig is er auch. Laß dich nicht betrügen.«

Kerstas Gesicht nahm einen sehr verständigen Ausdruck an. Sie fühlte ihre Verantwortlichkeit wohl: »Ich werd schon machen«, sagte sie. »Dumm bin ich nicht.«

»Wenn du dumm wärst, hätte ich dich nicht genommen«, schloß Thome die Unterhaltung.

Johlend bestiegen die Rekruten ihren Schlitten. Weiber und Kinder des Dorfes umstanden sie und weinten. Die vier Soldatenfrauen fuhren wieder zusammen in einem Schlitten. Es schneite jetzt stärker. Die spitzen, blauen Zuckerhüte, die sich wie gestern hin und her wackelnd gegenübersaßen, wurden weiß.

Im Walde sagte Marri: »Was hat man nu davon? Morgen is man wie gewesen.« – »Was soll man machen!« antworteten die drei anderen und seufzten. Später, als sie am Meere entlang fuhren, bemerkte Ilse. »Wenn's nicht friert, fault der Roggen aus.« Die anderen seufzten wieder und murmelten: »Ach Gottchen! Schlecht is schlecht.« Mehr wurde auf der Fahrt nicht gesprochen.

In der Stadt hatten sie kaum Zeit, um traurig zu sein. Man sieht sich nach allen Seiten um. Dann das lange Warten vor dem Rathause, bis die Männer herauskamen, das Essen in der Schenke, der Branntwein und die Wasserkringel, endlich der Abschied auf dem Bahnhof und das laute Weinen. Thome klopfte Kersta auf den Rücken: »Nu, nu;

man stirbt auch nicht dort. Schick Geld, die Kost ist knapp dort.« – »Ja – ja.« – »Denk an den Prozeß. Geh zum Advokaten.« – »Ja – ja.« – »Sei klug, sonst komm' ich heim und bin betrogen.« – »Ja – ja.« Als der Zug fort war, standen die Frauen noch auf dem Bahnhofssteig und jammerten: »Ach Gottchen! Ach Gottchen!« Kersta war die erste, die damit aufhörte, sie mußte zum Advokaten.

Dort wartete sie in einer hübschen, warmen Stube. Der Advokat war ein kleiner, freundlicher Herr, der sie geduldig anhörte und ihr das Beste versprach. Er war sogar spaßig, er faßte Kersta unter das Kinn und sagte:»So'n hübsches Soldatenfrauchen, muß nun lange fasten – ei – ei.« Das war schon ein gutes Zeichen für den Prozeß.

Es wurde schon Abend, als die lange Reihe der Schlitten sich auf den Heimweg machte. Feuerfarbene Wolkenstreifen, riesig und spitz, liefen über den bleichen Himmel. Die Sonne, himbeerrot und wie von dem Meere plattgedrückt, verschwand langsam. Über das krause, graue Meer rann ein purpurner Schimmer. Die Wellen rauschten leise und seidig. Die Soldatenfrauen waren von dem Gehen und Stehen und Trinken und Weinen erschöpft. Stumpf und geduldig saßen sie da, und schauten mit gedankenleeren Augen in das Abendlicht. Am Walde, als es dunkel wurde und der Mond über die schwarzen Schöpfe der Fichten aufstieg, da wurde den Verlassenen das Herz schwer. Weinen konnten sie heute nicht mehr; so sangen sie denn, das erste, beste Lied, riefen klagend die Töne in den Wald hinein:

> »Früher Liebchen, gehe früher,
> Gehe nicht am Abend spät!
> Lose flattern Deine Tüchlein,
> Dornbusch am Wege steht.«

Was war denn bei der ganzen Heiraterei herausgekommen? Das Leben in Annlises Hütte ging dahin, wie früher. Kersta melkte die Ziege, ging in den Wald Reisig sammeln, webte. In den Dezembertagen, in denen es um drei Uhr nachmittags schon finster wird, kroch sie um sechs Uhr in ihr schmales Mädchenbett. Ein anderes hatte man nicht angeschafft; wozu denn!

Um zwei Uhr nachts war sie mit dem Schlafe fertig und setzte sich wieder fröstelnd an den Webstuhl. Immer dasselbe; gedankenlos und freudlos, wie das Weberschiffchen, das gleichmäßig hin und her durch die grauen Wollenfäden schießt. Daß sie verheiratet war, merkte Kersta nur daran, daß sie die Zöpfe nicht mehr wie die Mädchen über den Rücken niederhängen ließ, sondern sie aufband. An Festtagen ging sie nicht mehr zum Tanz in den Krug, und in der Sonnabendnacht schlich sich kein Jung mehr zu ihr. Die große Beschäftigung des Mädchenlebens fehlte ihr jetzt: das Denken an die Jungen, das Warten auf die Jungen, das Weinen um die Jungen. Mit wem sollte sie denn überhaupt noch reden? Die Mädchen sprachen von ihren Jungen, die Frauen sprachen von ihren Kindern, Männern, ihrem Haushalt.

Kersta hatte nichts von alldem. Sie wurde schweigsam und mürrisch. Schlimme Augenblicke kamen, wenn sie im Bette lag, sich von der einen Seite auf die andere warf und nicht schlafen konnte. Um sie her alles still. Durch die kleinen Fensterscheiben blinzelten grell die Wintersterne. Dann hörte sie jeden Ton in den benachbarten Hütten. Das Kind der Bille schrie. Jehze kam heim. Er war betrunken, er stolperte über die Schwelle. Jetzt prügelte er die Bille; sie schrie und schimpfte. Kersta wurde sehr einsam zumute. Warum hatte sie nicht auch all das? Sie wollte ihren Mann, sie wollte Thome. Die Tränen liefen ihr über die Backen und sie biß in ihr Bettuch.

Aber der Prozeß war da. Der füllte ihr Leben, gab ihr Würde und Wichtigkeit. Einmal wöchentlich wanderte sie den vier Stunden langen Weg bis in die Stadt, um ihren Advokaten zu sprechen. Jeden Baum, jeden Stein kannte sie auf dem weiten Wege. Bei jedem Wetter war sie ihn gegangen; war es nicht so kalt, daß die Finger froren, dann strickte sie im Gehen ihren Strumpf. Alle kannten die kleine Frau mit dem roten Kopftuch, dem Strickstrumpf und dem großen Prozeß.

Im Walde riefen die Holzknechte sie an: »He, Soldaten-Kersta, wie geht's ohne Mann?«

Kersta blieb stehen und wischte sich mit dem Ärmel über das heiße Gesicht: »Gut. Wie denn anders.«

»Der Thome kann noch sechs Jahre fortbleiben – was?«

»Laß er bleiben – meinetwegen.«

Die Holzknechte lachten laut in den Wald hinein: »Eine, der das Fasten schmeckt! No und der Prozeß, wie steht's?«

»Gut. Wenn einer recht hat, ist ein Prozeß immer gut.«

»Soso.« –

Häufig begegnete ihr der Forstgehilfe, ein hübscher Jungherr, mit einem schwarzen Schnurrbart, braunen, ganz blanken Augen. Dazu eine Jacke mit grünem Kragen und eine silberne Uhrkette. Er hielt Kersta jedesmal an und sprach so spaßig.

»Kleines Soldatenweibchen, wie geht's?« Kersta errötete ein wenig und bog den Kopf zurück, um den Forstgehilfen anzusehen. »Wie soll's gehn!« – »Und der Thome kommt immer noch ohne Frau aus?«

»Oh! der hat dort genug, Polinnen und Jüdinnen!«

»So! Und Du hast hier auch genug Mannsleute, was?«

»Genug sind schon da?«

»Gott! Wäre ich so'n hübsches Weibchen wie'n Apfel, ich würde nicht warten, bis so einer von den Soldaten zurückkommt.«

»Wer wartet denn?« Kersta lachte laut, wie man lachen muß, wenn ein Jung einen Witz macht.

»So! Nicht? Wir beide würden gut passen; du klein wie'n Sperling, ich lang.«

»Gut, gut«, rief Kersta, weitergehend. »Zu Georg; wir wollen einen Kontrakt machen.« O, sie verstand es auch, mit Jungen zu spaßen. Einmal packte der Forstgehilfe sie, wollte sie küssen und umwerfen, sie aber riß sich los und lief davon. Noch den ganzen Weg über mußte sie darüber lachen. Zu Hause im Bett sah sie immer die Augen des Forstgehilfen vor sich, und als sie hörte, wie draußen die Jungen leise an die Fenster der Mädchen klopften, da machte sie das unruhig und ließ sie nicht schlafen.

Mit dem Frühling wurden die Gänge in die Stadt für Kersta leichter. Sie konnte sich auf dem Rückwege Zeit nehmen, denn die Nächte waren ganz hell. Sie ging dann oft so langsam, Schritt vor Schritt, als könnte sie sich nicht entschließen, aus dem Walde hinauszukommen: »Im Frühling bei Nacht, da ist es eigen; man wird faul, ganz faul«, sagte sie sich. »Und nicht einmal an den Prozeß kann man dabei denken. Wunderlich!« Zwischen den hohen Föhren standen jungbelaubte Birken, als hätte jemand ein dünnes, grünes Tuch dort hingehängt. Oder etwas weißes leuchtet im Walde, ganz weiß, wie ein Mensch, der sich ein Bettlaken umgeworfen hat, das ist dann ein Faulbaum in voller Blüte; der duftet einem schon auf eine Werst entgegen. Auf der Waldwiese stehen Rehe, schwarz und still im Nebel, wie in einem Teich von Milch. Und überall, von den Hügeln und Weiden, klingt das Singen der Mädchen herüber, die Lieder, die Kersta so gut kannte. Ja, als Mädchen ist man toll in solchen Nächten, keines kann schlafen. Kersta hatte das auch erlebt. Auch sie hatte Nächte lang draußen gesessen, die Hände um die Knie geschlungen, hatte gesungen, immerzu gesungen, recht laut die Töne in die Nacht hineingerufen und dabei gewartet: wird nicht einer antworten? Wird nicht einer kommen? Wird ein blonder Schnurrbart nicht bald sich fest auf ihre Lippen drücken? Daran mußte Kersta immer wieder denken, während sie langsam, mit schlaffen Gliedern, die Landstraße entlangging und in den Wald hineinhorchte.

In einer Nacht hörte Kersta es im Walde brechen. Ein Rehbock wurde aufgescheucht und bellte laut; wieder raschelte es und der Forstgehilfe stand vor ihr: »Kleines, kleines Soldatenfrauchen!« sagte er.

Der Mond stand gerade am Himmel, daher schienen die Augen und die breiten, weißen Zähne des Forstgehilfen so blank: »No – wieder unterwegs?«

Kersta blieb stehen und sah zu ihm hinauf: ja sie war wieder in der Stadt gewesen, wie denn anders.

»Heute ist gut spazieren.«

Ja, gut war's schon.

Der Forstgehilfe lachte, sah Kersta an und schwieg. Sie schwieg auch und wartete. Endlich legte er seinen Arm um ihre Schultern und sagte: »Du und ich, du und ich. Komm.«

»Was nu wieder«, meinte Kersta. Sie versuchte es, in dem rauhen, spaßigen Ton zu sprechen, den man mit Jungen haben muß, allein, es kam unsicher und leise heraus; auch ließ sie sich willig von der Landstraße in den Wald führen. Als unter den Bäumen der Forstgehilfe ihr mit seiner großen, heißen Hand über die Wange und über die Brust strich, da wußte sie es, daß sie tun würde, was er wollte.

Der Morgen dämmerte, der Birkhahn war schon auf die Waldwiese herausgekommen und kollerte, als Kersta eilig ihrem Dorfe zuschritt. »No ja!« dachte sie »Wenn eine bei Nacht mit einem Jungen im Walde ist, dann geht's mal nicht anders. Was kann man da machen!«

Von nun an fand sich der Forstgehilfe oft auf Kerstas Rückweg von der Stadt ein. Mutter Annlise brummte: »Was du jetzt spät nach Hause kommst!« – »Der Prozeß«, meinte Kersta, »Gott! So'n Prozeß geht nicht so rasch, wie'n Ei kochen.« Das Singen der Mädchen, und das Klopfen der Jungen bei Nacht an den Mädchenfenstern beunruhigte Kersta nicht mehr.

Um die Zeit der Heuernte merkte Kersta, daß sie schwanger sei. Das war schlimm! Was nun? Sie ging in den Ziegenstall, wo keiner sie sah, und heulte eine Stunde, dann ging sie wieder still an die Arbeit.

Als sie den Forstgehilfen traf, war sie sehr böse und schimpfte. Aber was half das? In sich gekehrt ging sie umher, bleich mit fest aufeinandergekniffenen Lippen. Sie tat die schwere Sommerarbeit, war sehr unwirsch mit der Mutter, schlug die Ziege beim Melken und wanderte öfter denn je in die Stadt, den Prozeß zu betreiben. Ging es mit dem Prozeß schief, dann war sie verloren, dann schlug Thome sie und das Kind tot. Und überhaupt das Kind! Was weiß man! So'n Kind wird geboren und stirbt, und Thome kam noch lange nicht. Dennoch mußte sie immer wieder an das Kind denken, an die Wiege, an die Leinwand für die Laken, und wie es sein wird, wenn sowas Kleines, Weiches, Warmes sich an sie drückt und sich bewegt und seine Lippen an ihre Brust legt. »Ach, ach – Dummheiten. Gebe Gott, daß nichts wird mit dem Kinde.«

Während der Kartoffelernte ließ sich Kerstas Zustand nicht mehr verbergen. Sie ging gerade, langsam und gebückt ihre Furche entlang und sammelte die Kartoffeln in ihren Rock, da hörte sie hinter sich die Bille sagen: »Na, die Kersta erwartet den Thome mit 'nem Geschenk. Der wird sich freuen.« Die anderen Frauen lachten laut, über den ganzen Kartoffelacker setzte sich das Lachen fort: »Kommen mußte das. Nun ist's da«, dachte Kersta. Ihre Knie zitterten, die Kartoffeln, die sie gesammelt, rollten wieder auf die Erde. Sie richtete sich auf und sah die Frauen mit dem bösen, hilflosen Blick der Tiere an, die nicht mehr entrinnen können. Dann beugte sie sich wieder auf die Furche nieder und sammelte schweigend weiter. Das Spotten nahm jetzt kein Ende. Wenn Kersta über das Feld gehen mußte, um ihre Kartoffeln in den Wagen zu schütten, war es wie ein Spießrutenlaufen: »Sag, wo hast du das Geschenk machen lassen? In der Stadt? Ja, da kriegt man sowas billig. Das kommt wohl beim Prozeßmachen heraus. Oder hat's der Thome dir mit der Post geschickt?« Kersta schwieg. Sie werden sich schon ausreden und aushöhnen, und dann wird Ruhe sein.

Schlimm war es auch mit der Mutter, die jammerte und schimpfte den ganzen Tag. Was half das! »Kommen wird, was kommt«, sagte sich Kersta. »Das Leben is nu mal schwer.« Das machte sie ruhig und stumpf.

Im Winter, als Kersta in den Wald gegangen war, um Reisig zu holen, da überkamen sie die Geburtswehen. Die Frauen legten sie auf den Schlitten und zogen sie lachend und schreiend in das Dorf zurück. Kersta wurde von einem Mädchen entbunden. Das Kind war also da, und sterben wollte es auch nicht, es war ein kräftiges Ding mit braunen, blanken Augen im sorgenvollen Säuglingsgesicht. Die Leute im Dorf hatten sich an die Tatsache gewöhnt, daß Kersta ein Kind hatte. Es fiel niemandem etwas Witziges mehr darüber ein. Kersta selbst aber hatte außer dem Prozeß jetzt noch etwas anderes, wofür sie leben konnte. Der Prozeß war die Hauptsache, gewiß! Aber so'n Kind hat einen den ganzen Tag nötig, man wiegt es, man gibt ihm die Brust, an warmen Abenden sitzt man mit ihm auf der Türschwelle und singt: »Rai–rai–r–a–a, tai–tai–ta–a.« –

»Liebe Kersta!« schrieb Thome. »Ich schreibe Dir, damit Du weißt; mir ist's schlecht gegangen. Krank bin ich gewesen. Jetzt schicken Sie mich nach Hause. Ich komme nächste Woche. Bleib gesund; Dein Mann Thome.«

Kersta hatte den Brief vor dem Herdfeuer mühsam entziffert.

»Was schreibt er?« fragte die Mutter.

»Was soll er viel schreiben«, erwiderte Kersta. Sie setzte sich auf die Ofenbank, denn sie fühlte sich ein wenig schwach. »Is er gesund?« fragte die Mutter weiter. Kersta antwortete nicht, sondern starrte in das Herdfeuer: »Warum antwortest du nicht? Ich will doch wissen.«

»Zurück kommt er«, warf Kersta mit ruhiger, verdrießlicher Stimme hin.

»So – so – zurück kommt er.« Auch die alte Frau schwieg jetzt und starrte ins Feuer.

»Wenn er dem Kinde nur nichts tut«, dachte Kersta. Die Mutter mußte ähnliche Gedanken gehabt haben, denn sie sagte: »Die Wiege wirst du so stellen müssen, daß er es nicht immer unter den Augen hat.« Ja, das konnte man machen. Eine Weile saßen sie noch stumm beieinander, dann seufzten sie und standen auf, um schlafen zu gehen. Im Bett fragte die Mutter noch: »Mit dem Prozeß ist's doch gut?«

»Wie dann soll's anders sein?«

»No denn!«

An einem Sonnabendnachmittag stand Kersta vor dem Kruge und wartete auf den Schlitten, der die entlassenen Soldaten aus der Stadt bringen sollte. Es fror. Am glashellen Himmel ging die Sonne rot unter. Alle Frauen des Dorfes waren vor dem Kruge versammelt. Sie wickelten die Hände in die Schürzen und sahen, die Nasen krausziehend, die Landstraße hinab. Da kamen die Männer! Sie schwenkten die Soldatenmützen und schrieen.

»Was ist? Klein bist du geblieben und lebendig bist du auch«, sagte Thome, als er vor Kersta stand. Kersta wurde rot. Daß der Thome so groß war, hatte sie fast vergessen. Sie wurde ordentlich verlegen.

»Warum soll ich nicht lebendig sein?« antwortete sie scherzend, aber die Tränen spritzten ihr in die Augen und sie streichelte Thomes Rockärmel. »Komm«, sagte sie, »das Essen ist fertig.« –

»Essen – ha – ha.« Thome lachte flott: »Die will mich auffüttern, ich bin ihr zu mager.« So gingen sie heim. Thome voran, Kersta hinterher.

Die Stube in der Häuslerei war geschmückt. Der Tisch weiß bedeckt. Zwei Talgkerzen brannten. Der Fußboden war mit Tannennadeln überstreut. Mutter Annlise stand am Herde und rührte im Kessel.

»Was, alte Mutter, Ihr lauft auch noch herum! Halten die alten Knochen noch beieinander?« rief Thome.

»Es geht, solange es geht«, meinte Annlise. »Gut, daß du da bist.«

Thome setzte sich an den Tisch und ließ sich das Schweinefleisch auftragen. Er aß langsam und aufmerksam, kaute jedes Stück lange, dabei sah er Kersta an und sagte mit vollem Munde: »Wirtin – Dundur-Wirtin.« Kersta saß ihm gegenüber, die Hände im Schoß gefaltet. »Eigen, wie hübsch so'ne Mannsperson sein kann«, dachte sie. Das Gesicht war zwar so braun geworden, daß der blonde Schnurrbart darin fast weiß erschien, aber die Schulter, die Arme, der Nacken! Gut ist's, wenn ein Mann stark ist.

Thome hatte jetzt den ersten Hunger gestillt. Er fuhr mit dem Handrücken über seinen Schnurrbart und lehnte sich im Stuhl zurück: »Also der Prozeß; erzähl«, sagte er. Kerstas Gesicht nahm einen sehr überlegenen Ausdruck an, als sie zu berichten begann; lauter kluge Sachen, die der Advokat gesagt hatte, die sie gesagt und getan hatte. Das Gesinde war so gut wie ihres. Thome hörte gespannt und achtungsvoll zu: »Was nicht alles an Verstand in so einer Kleinen stecken kann!« Das feuerte Kersta noch mehr an. In der finsteren Ecke des Zimmers begann ein leises Wimmern. Kersta, eifrig fortsprechend, erhob sich mechanisch, ging zu der Wiege hinüber, nestelte ihre Jacke auf, nahm das Kind und gab ihm die Brust. Sie erhob ein wenig die Stimme, um aus der Ecke verstanden zu werden. Dann plötzlich, mitten im Satze blieb sie stecken. Mutter Annlise verließ leise das Zimmer: »Ja, nun kommt es«, dachte Kersta. Thome kam schon auf sie zu, langsam, den Kopf vorgestreckt, als wollte er etwas sagen. Schnell legte sie das Kind in die Wiege zurück und stellte sich davor. Sie wurde sehr blaß, schob die Unterlippe vor und die runden Augen öffneten sich ganz weit und wurden glasklar wie bei geängstigten Tieren. Weil die Hände ihr zitterten, faltete sie sie über dem Bauch. So wartete sie: »Jetzt kommt, was kommen muß.«

»Was ist das?« Thome sprach leise, als würgte ihn einer.

»Was soll es sein?«

»Wo – wo kommt das Kind her?«

»Ein Kind – nu ja. Wo soll's denn herkommen?«

Sie hatte das mißmutig und trotzig heraus gebracht. Jetzt aber drückte sie die Knöchel beider Hände in die Augen und begann zu schreien, laut, mit weitgeöffnetem Munde, wie ein Kind, das über einer Untat ertappt worden ist.

»So – so – eine bist du«, fauchte Thome. Er faßte ihr Handgelenk und zerrte sie in die Mitte des Zimmers. »Den Mann betrügen – was? Hündin – Hündin! Totschlagen werd' ich dich und den Balg.«

Er begann Kersta zu schlagen, unbarmherzig. Sie jammerte – wehrte sich: »Eine Faust wie Eisen – eiei –«, dachte sie. »Der Mann ist stark. Gott! Er schlägt mich tot.« – Wie das schmerzte – und doch – und doch – etwas war in alldem – das wie Befriedigung, wie Wollust aussah. Sie fühlte doch, daß sie einen Mann hatte. Thome war außer Atem. Er schleuderte seine Frau mit einem Fluch von sich, spie aus und setzte sich wieder an den Tisch.

Kersta lag still am Boden. Die Glieder brannten ihr. Sie schielte zu Thome hinüber. War es nun vorüber? Fast hätte sie gewünscht, es wäre nicht vorüber, als daß er so dasaß und sich nicht um sie bekümmerte. Thome, den Kopf in die Hand gestützt, brütete vor sich hin. Da erhob sich Kersta mühsam, setzte sich auf die Ofenbank, rieb sich ihre zerschlagenen Glieder und weinte still vor sich hin: »Der arme Mann!« dachte sie dabei.

Die Kerzen waren tief herabgebrannt und hatten lange schwarze Nasen. Kleine, harte Schneekörner klopften von draußen an die Fensterscheiben. Ein Heimchen begann eifrig im Herde zu schrillen.

»Was wird er machen? Wird er mich heute abend noch schlagen?«
dachte Kersta. Thome trank einen Schnaps, gähnte, begann sich die
Stiefel auszuziehen. Kersta stand auf und zog ihm die Stiefel aus. Dann
entkleidete er sich und warf sich auf das Bett; das Bett krachte, als
wollte es zerbrechen. Kersta mußte lächeln. »Na ja – ein so schwerer
Mann!« Sie löschte die Kerzen aus und setzte sich wieder auf die
Ofenbank. Die glimmenden Kohlen im Herde warfen ein wenig rotes
Licht und Wärme auf die nackten Füße der kleinen Frau, die bange
und regungslos auf den Atem des Mannes horchte.

»Du!« erscholl es plötzlich. Kersta schreckte auf: »Was sitzt du?
Wirst du nicht schlafen?«

»Was soll ich sonst tun«, erwiderte Kersta mit ihrer brummigsten
Stimme. Als sie aber zum Bett hinüberging, wurde ihr warm um das
Herz: Jetzt – jetzt war sie auch – wie andere Frauen!

In der ersten Zeit war das Leben in der Häuslerei schwierig. Die Wut
über das ihm angetane Unrecht stieg immer wieder in Thome auf;
dann gab es Geschrei und Schläge. Im Kruge erklärte Thome, er wolle
die Frau und das Kind totschlagen. Das Kind mußte beständig vor
ihm versteckt werden: »Er wird sich schon gewöhnen«, sagte Kersta
ruhig. »Naja, ein Mann ist einmal nicht anders. Was kann man da
machen.« Und wirklich! Thome begann immer weniger vom Kinde
zu sprechen, dafür war umso mehr von dem Prozeß die Rede. Sie be-
rieten, wieviel Kühe, wie viel Schweine sie im Gesinde halten würden;
darüber war genug zu sagen. Er vergaß das Kind, er sah es nicht mehr,
spie nicht mehr aus, wenn er an der Wiege vorüberging. Kersta
konnte dem Kinde die Brust geben, ohne sich zu verstecken.

Thome beschloß selbst in die Stadt zu fahren, um nach dem Rechten
zu sehen. Für ein Weib war die Kersta klug genug, aber, was so wirklich
Verstand ist, hat doch nur ein Mann. »Das ist schon richtig«, meinte
Kersta ... »Wer soll denn sonst Verstand haben?«

So fuhr er ab. Spät abends kehrte er ein wenig angetrunken und
sehr aufgeräumt heim. Der Prozeß war gewonnen. »Komm her junge
Dundur-Wirtin«, rief er. »Hier ist was für dich.« Er legte Kersta ein
rotseidenes Tuch auf den Kopf. »Eine Wirtin muß Staat machen.«

»Ein Tuch, wozu war das nötig«, meinte Kersta und lachte.

»Na – so« – Und halb abgewandt, wie verlegen, warf Thome eine Semmel auf den Tisch. »Und das da – hab ich gekauft – für – für den da ...«

»Für wen?«

»Nu – für den Balg.«

Kersta nahm die Semmel und drückte sie andächtig gegen ihr Mieder. – So – jetzt kam vielleicht auch für sie ein bißchen gute Zeit!

Das Landhaus

Der Ball war zu Ende. Graf Egon stand an der Tür des Saales, um sich von seinen Gästen zu verabschieden. Den Kopf mit der hohen blanken Stirn, dem leicht ergrauten Haar ein wenig zurückgebogen, stand er da, sehr gerade und korrekt, nur das Lächeln, welches er einem jeden seiner Gäste zum Abschied schenkte, hatte etwas Mechanisches und zeigte, daß der Graf müde war. Nicht weit von ihm stand seine Frau Alda. Sie sah sehr jung aus im nilgrünen Kleide mit den Granatblüten im schwarzen Haare, aber ihr Gesicht war von demselben matten, durchsichtigen Weiß wie ihre Schultern und ihre Arme, es war weiß bis in die Lippen. Sie reichte den Herren die Hand, sie küßte die Damen; sie lächelte, ihre Augen jedoch schienen an all dem nicht teilzunehmen, schienen all die Gestalten, die vor ihnen ab und zu gingen, nicht zu sehen, so unbewegt und glanzlos dunkel schauten sie aus dem blassen Gesichte heraus.

Jetzt trat der Leutnant von Rembow mit seiner Braut am Arm auf Alda zu. Der Leutnant war wie immer feierlich, von jener Feierlichkeit, die ihm die strenge Schönheit seines Gesichtes, die Pracht seiner vornehmen Gestalt aufzuerlegen schienen. Seine Braut war klein und blond mit einem Stumpfnäschen, und ganz in Rosa gekleidet, sah sie aus wie eine Pensionärin. Der Leutnant beugte sich über Aldas Hand und küßte sie, und die kleine rosa Braut schaute glücklich zu Alda hinauf und sagte: »Also, Sie wollen morgen wirklich fort, ganz fort in Ihre ländliche Einsamkeit?« – »Ja«, erwiderte Alda, »ich will mich erholen.« – »Nicht wahr, eine Idee«, mischte sich Graf Egon in das Gespräch, »ich habe meiner Frau schon gesagt, sie soll bei uns anderen bleiben.« Der Referendar von Hübner, der neben Alda stand, begann zu kichern, weil er einen Witz machen wollte. »Ja«, meinte er, »ich kann das nachfühlen, wie einen so plötzlich die Sehnsucht ergreift, ein wenig weit von uns anderen zu sein.«

Alda lächelte nur matt, der Leutnant Rembow blieb ernst und schaute auf seine Stiefelspitzen nieder, er schlug die Augen auch nicht auf, als seine Braut kokett zu ihm emporblickte und sagte: »Ach ja, etwas Einsamkeit ist zuweilen herrlich.«

Nun waren sie alle fort, Alda ging schnell zu einem Sessel, um sich hineinzuwerfen, als könne sie vor Müdigkeit keinen Augenblick mehr stehen. Sie lehnte den Kopf zurück, schloß die Augen, und ließ die Arme schlaff niederhängen. Auch der Graf setzte sich; sein Gesicht, als sei es froh, nicht mehr lächeln zu müssen, nahm einen ältlichen, grämlichen Ausdruck an. »Also, du willst morgen wirklich aufs Gut hinaus, quelle idée!« sagte er. »Um diese Jahreszeit, ungeheizte Zimmer! Du nimmst doch wenigstens die Jungfer und einen Diener mit.« – »Nein«, erwiderte Alda, noch immer mit geschlossenen Augen. Der Graf zuckte die Achseln: »Woher denn plötzlich dieser Einsamkeitsfanatismus? Na, wie du willst, romantische Capricen der Frauen darf man nicht hindern, das endet sonst stets mit Migräne. Des Menschen Wille ist sein Himmelreich.« Er gähnte diskret. »Nun können wir uns der wohlverdienten Ruhe hingeben.« Er erhob sich: »Gute Nacht, mein Kind.« – »Gute Nacht«, sagte Alda, und der Graf ging.

Alda blieb mit geschlossenen Augen in ihrem Sessel liegen. Es schien ihr, als dürfe sie sich nicht regen, sonst war sie wieder mitten darin in diesem Leben, das häßlich und widerwärtig war, das ihr vor Ekel die Kehle zusammenschnürte. War es möglich, daß etwas Schönes und Schreckliches so endete, und ihre Liebe zu Rembow und seine Liebe zu ihr war etwas Schönes und Schreckliches gewesen mit ihren Glückseligkeiten und ihren Gewissensqualen. Sie hatte es gewußt, daß ein Tag der Strafe kommen mußte, etwas Furchtbares, das sie beide vernichtete, das ihrer Liebe würdig war. Und nun nichts – eine Verlobungsanzeige, Visiten, dieser Ball, er hatte die kleine rosa Pensionärin am Arm, macht Konversation, man nimmt Abschied, als wäre nichts gewesen, und da sitzt sie im leeren Saal, neben dem ältlichen Herrn, und dieser gähnt und sagt: »Des Menschen Wille ist sein Himmelreich.« Und das war dann das Ende. O nein, da machte sie nicht mit, das gehörte alles nicht mehr zu ihr. Schritte wurden im Saale laut, Alda öffnete die Augen, die Diener begannen die Lichter zu löschen, andere waren dabei, die Möbel mit den weißen Bezügen zu überziehen, sie flüsterten dabei ärgerlich miteinander, gähnten. Eine Bitterkeit stieg in Alda auf, die ihr fast wohltat. »Ja«, dachte sie, »seid alle nur recht häßlich, recht widerwärtig, ich gehöre nicht mehr zu euch.«

Sie erhob sich und begab sich in ihr Zimmer, um sich zur Ruhe zu legen. Schlafen konnte sie nicht, aber ihr Wachen war ein fieberhaftes Traumwachen. Anfangs versuchte sie, ihr Leiden durchzudenken bis in den Grund hinein. »Ich bin sehr unglücklich, so unglücklich, wie nie ein Mensch es war, so unglücklich zu sein erträgt kein Mensch, und ich ertrage es auch nicht. Sie sollen sehen. Das bin ich der schönen Liebe schuldig – das bin ich der schönen Liebe schuldig.« Sie wiederholte in Gedanken diesen Satz immer wieder wie den Vers eines Liedes. Dann plötzlich sah sie den Saal mit all den Menschen, Rembow war da und seine Braut, sie drehten sich umeinander wie bunte Figürchen, und dann war der Saal wieder leer, die Möbel standen in ihren weißen Bezügen, und die Lakaien gähnten mit weit offenem Munde – und das alles war unendlich fern und wesenlos, wie durch ein umgekehrtes Opernglas gesehen.

Sie, Alda, war ganz allein, nichts gehörte zu ihr als nur ein großer schwarzer Vorhang, sie sah ihn deutlich, diesen Vorhang, er war von schwerer, stumpfer schwarzer Seide und fühlte sich kühl und glatt an wie eben aufgeworfene Schollen feuchter Gartenerde. Zuweilen versuchte sie, klar zu denken; sie hatte von einer Frau gelesen, die sich mit Morphium tötete. Man sieht dann Sonnen und Sterne und schläft ein. Sie hatte ja noch die Flasche Chloralhydrat, und dort auf dem Landgut, eingehüllt von den Nebeln in der Einsamkeit, dort sollte es geschehen. Und dann sah sie wieder den Vorhang, den großen schwarzen Vorhang, der sich so glatt und kühl anfühlte – ja, der wartete, der war nun ihr Teil.

Am nächsten Morgen stand Alda bleich und müde auf, saß am Frühstückstisch, unterhielt sich mit ihrem Gatten über den gestrigen Tag, ging im Hause ab und zu, um Vorbereitungen für ihre Reise zu treffen, aber sie hatte auch heute Räumen und Menschen gegenüber das seltsame Gefühl der Nichtzugehörigkeit, ihr war wie jemandem, der in einem Wartesaale auf und ab geht, umgeben von Dingen und Menschen, die ihm fremd sind und die er gleich verlassen wird, um sie nie wieder zu sehen. Sie war froh, als sie im Automobil saß und hinausfahren durfte. Es war ein nebliger Märztag, die Stadt sah naß und grau aus, die Leute auf den Straßen bleich und mißmutig. »Ja«, dachte Alda, »eine große Stadt der Verdrießlichkeit«, und sie wunderte sich nicht darüber, sie hatte es nicht anders erwartet.

Draußen lag dichter weißer Nebel über dem Lande, der nur zuweilen ein Stück beschneiten Feldes sehen ließ, über das Saatkrähen, tintenschwarz in all dem Weiß, niedrig hinflogen, oder ein Baum stand da und regte sich sachte, als fröre ihn. An nassen grauen Häusern fuhren sie vorüber, und nasse graue Menschen standen davor und froren.

Alda lehnte sich in die Wagenecke zurück und schloß die Augen. Natürlich war das alles da draußen herzbrechend traurig, aber was ging sie das an, sie wollte an das Große und Schreckliche denken, das sie vorhatte, an den schwarzen Vorhang, der alle Demütigung, alle Schuld, alle Alltäglichkeit zudecken sollte. Und konnte sie nicht immer daran denken, so fühlte sie es doch wie die Gegenwart von etwas Erregendem und Peinlichem. Es begann schon zu dämmern. Sie fuhren durch Wälder hin, die sich wie weiche schwarze Massen über die Hügel legten. Hie und da blitzte ein Licht aus einem Hause in all dem Dunkel auf und erweckte in Alda plötzlich den Gedanken der traulichen Geborgenheit unter den Schatten der großen Bäume, oder eine Waldschneise zog einen weißen Strich in all das Schwarz, und ein Mann ging dort, gefolgt von einem Hunde. »Der geht wohl«, dachte Alda, »nach Hause zu einem der kleinen Lichter, die dort einsam in der Finsternis stehen.« Und eine plötzliche Sehnsucht nach Geborgenheit, nach zu Hause, Sehnsucht nach Unschuld und Sorglosigkeit machte ihr das Herz so schwer, daß sie weinen mußte.

Endlich hielten sie vor dem Landhause, das mit seinen geschlossenen Fensterläden still und wie verlassen in der Finsternis dastand. Der Chauffeur mußte absteigen, an die verschlossene Tür pochen, da erst regte es sich drinnen, die Tür wurde aufgerissen, die Mamsell, Fräulein Pelz, stürzte heraus und Dienstmägde und die alte Redien, die Aldas Wärterin gewesen war, und alle jammerten sie, die Frau Gräfin kam, und man hatte nichts gewußt, nichts war geheizt, nichts bereit, was sollten sie tun. »Es wird schon gehen«, meinte Alda gelassen und ging in das Haus. Sie ging in den Salon und setzte sich dort. Das Zimmer war kalt und hatte den feuchten Staubgeruch, den lange verschlossene, ungeheizte Zimmer anzunehmen pflegen, die Möbel steckten in grauen Überzügen, der Kronleuchter in seinem Überzuge hing wie eine große graue Blase von der Decke nieder, eine brennende Kerze stand auf einem Tisch und ließ ungeheuerliche schwarze Schatten an den Wänden emporwachsen. Alda hüllte sich fester in ihren Mantel, da war es wieder, das kühle, ergebene Bahnhofsgefühl, das Gefühl, das alles, was sie umgab, sei nur vorläufig da, müßte gleich vergehen und verschwinden. Redien kam jetzt, die alte Frau mit dem kleinen braunen Gesicht, schaute Alda forschend an, schüttelte ein wenig den Kopf und murmelte: »Nein, so was!« Dann lächelte sie wieder, wie man ein Kind anlächelt, und sagte: »Jetzt haben wir Feuer im Schlafzimmer angemacht, und meine Gräfin geht gleich zu Bett.« Alda ließ sich willig in das Schlafzimmer führen, ließ sich von Redien entkleiden, willenlos wie einst als Kind, wenn sie zu schläfrig gewesen war, und Redien schalt leise vor sich hin: »Weiß wie ein Tuch und ganz kalt! Was das wieder für Dummheiten sind, Stadtdummheiten! Was die dort mit so einem Kind anfangen. So, jetzt decken wir uns warm zu und essen eine Apfelsuppe und ein Kotelett.« – »Ja, Redien«, sagte Alda, »ein Kotelett, klein und braun, wie ich es als Kind bekam, wenn ich krank war.« – »Gut, gut«, meinte Redien und ging hinaus, nach dem Essen sehen.

Alda drückte sich fest in die Kissen. Dieses Zimmer, in dem sie schon als Kind gewohnt hatte, ergriff sie heute seltsam stark, sie kannte all die Schatten, welche die Möbel auf die Wand warfen, wie oft hatte sie diese Schatten damals studiert und sich vor ihnen gefürchtet. Im Ofen prasselte das Feuer und eine angenehme Wärme durchrieselte Alda. Ja, das hätte nun behaglich und gemütlich sein können, aber es schien ihr, als stünde etwas da, das sie zu dieser Behaglichkeit und Gemütlichkeit nicht hineinließ, sie wünschte, Redien käme wieder. Und Redien kam und brachte das Essen, und Alda fand, daß sie hungrig war und die Apfelsuppe und das kleine Kotelett ihr schmeckten. Später lag sie still da und schaute in die verglimmenden Kohlen des Ofens. Redien mußte neben ihrem Bett sitzen. »Erzähl, Redien«, sagte sie. – »Was ist da zu erzählen«, meinte die alte Frau, »wir hatten viel Schnee diesen Winter. Jeden Morgen mußte ein Weg gegraben werden zum Stall, damit die Großmagd melken gehen konnte. Die Rebhühner kamen nahe ans Haus.« – »Und Ihr?« fragte Alda, »ihr lebtet friedlich?« – »Wie man schon so lebt«, antwortete Redien, »nur die Eve führte sich auf; weil der André die Trine heiratet, schrie sie und weinte.« – »Nicht davon«, sagte Alda, »erzähle lieber von deinem Redien. Wo sagte er dir, daß er dich heiraten wolle?«

Die Alte lächelte: »Wo wird es gewesen sein? In der Scheune. Er war Maschinist und zog mit seiner Maschine bei den Bauern umher. Er wohnte bei uns, und ich trug ihm das Essen in die Scheune. Da sagte er eines Tages: ›Luise, wann heiraten wir?‹« – »Ach ja«, meinte Alda, »um euch war es ganz gelb von all dem Stroh und die Sonne schien drauf und du hattest ein hübsches braunes Gesicht.«

Draußen regnete es, die Tropfen klopften leise an die Fensterläden, der Haushund bellte langgezogen und böse in die Nacht hinein. »Jetzt treiben sich schon Kerls umher«, bemerkte Redien, »aber Karo paßt gut auf.« Alda hüllte sich fester in die Decke, gut, nichts von dem, das da draußen war, sollte zu ihr herein, hier war sie sicher.

»Erinnerst du dich«, begann Alda nachdenklich, »ich muß sehr klein gewesen sein, sie begruben hier einen, und ich hatte den Holzsarg gesehen, wie er auf einem Wagen hier durch den Hof gefahren wurde. Abends konnte ich nicht schlafen, ich fürchtete mich vor dem Tode und fürchtete, du würdest sterben. Da sagtest du böse: ›Schlaf nur, wir haben alle noch viel Zeit.‹« – »Nun ja«, meinte Redien, »wir hatten auch Zeit.« – »Wir hatten auch Zeit«, wiederholte Alda leise. Sie schwiegen eine Weile. Irgendwo unten aus den Gesinderäumen scholl ein Lachen herüber, ein hohes, herzliches Mädchenlachen. »Was das für ein Lärm ist«, grollte Redien. – »Nein, sie sollen so lachen«, sagte Alda. Dann schloß sie die Augen und schlief ein.

»Heute riecht es schon nach Frühling«, sagte Redien, als sie am nächsten Morgen mit dem Frühstück vor Aldas Bett stand. Alda richtete sich auf, das Zimmer war voll Sonnenschein, aber ein seltsamer, unruhiger, flackernder Sonnenschein. Es taute draußen, vom Dach und von den Kastanien am Hause tropfte und rann es beständig. All dies fließende Kristall fing die Sonnenstrahlen auf und ließ sie zittern und flirren.

»Das ist lustig«, sagte Alda und lächelte. – »Natürlich lustig«, erwiderte Redien mit einer Stimme, als wollte sie schelten.

Als jedoch Alda wieder allein war, sank sie mutlos in die Kissen zurück. Lustig? Lustig? Was hatte sie mit dem, was lustig war, zu tun. Zu ihr gehörte ja diese Alda mit ihrem Unglück, ihrer Schuld, ihrem Schmerz, ihrem dunklen, unheimlichen Vorhaben. Wir haben alle noch Zeit, hatte Redien damals gesagt, ja, vielleicht hatte sie noch ein wenig Zeit, vielleicht konnte sie den Schmerz und die Schuld und ihr Vorhaben und die ganze unglückliche Alda ein wenig beiseite legen, wie wir ein Buch beiseite legen für kurze Zeit, sie würden ja wiederkommen und ihr Recht verlangen. Aber es gab vielleicht eine kleine Ferienzeit im Unglück, in dem furchtbaren Schicksal, das zu ihr gehörte. Alles fortschieben, an nichts denken, das war doch für eine kleine Weile erlaubt. Dieser Gedanke gab ihr Kraft, den Tag zu beginnen.

Die Zimmer waren heute geordnet, die Möbel hatten ihre Überzüge abgelegt, Hyazinthen standen am Fenster, die Räume waren voll von dem hübschen, unruhigen Sonnenlichte und von klingend niederfallenden Tropfen. Alda ging in den Zimmern auf und ab, sie hatte ja nichts zu tun, für nichts zu sorgen, selbst nichts zu denken, es war wirklich etwas wie ein Feriengefühl, das sie belebte.

Dann zog es sie hinaus in die Welt draußen, die so hübsch blank von Tropfen und Sonnenschein war. Sie ging die nassen Wege entlang, Mägde gingen an ihr vorüber, stapften durch die Pfützen, ließen das Wasser spritzen und lachten dabei, als machte es ihnen Freude. Männer führten Holz, die kleinen Pferde waren blank von all der Nässe, die feuchten Holzstämme aber dufteten wunderbar, »ein wenig nach Harz«, dachte Alda, »und ein wenig nach Vanille, das gäbe ein schönes neues Parfum.« Auf den Dachfirsten saßen die Stare wie Vögel aus poliertem Stahl, schlugen mit den Flügeln und pfiffen.

Alda ging in den Kuhstall, hier war es warm, und ein leichter Dampf stieg von den großen braunen Tieren auf. Die Mägde waren beim Melken, Alda setzte sich auf die Ecke eines Futterkastens und schaute zu. Sie schaute die großen, ruhigen Gesichter der Kühe an; wie sie langsam kauten und mit den unbewegten Augen ruhevoll vor sich hinsahen.

»Die hat heut' nacht gekalbt«, sagte die Großmagd und zeigte auf eine Kuh, die auf ihrer Streu lag wie auf gelber Seide und ernst ihrem Kalbe zusah, das auf zu dünnen Beinen seine ersten Sprünge versuchte. Hier wurde Alda seltsam wohl, hier war sie unendlich fern von allem Quälenden, hier war keiner schuldig und keiner gedemütigt, man stand da, man kaute, sah aus großen Augen vor sich hin, und niemand brauchte zu denken. Lange Zeit blieb Alda dort, und es war ihr leid, daß die Mägde mit der Arbeit fertig waren und sie den Stall verlassen mußte. Sie trieb sich noch ein wenig im Sonnenschein umher, bis sie fühlte, daß sie hungrig war, und ins Haus ging.

Das Essen, welches die Mamsell gekocht, schmeckte anders als das Essen in der Stadt, die Suppe duftete kräftig nach Schnittling, und die Gemüse schmeckten würzig und ein wenig nach Erde. Während Alda mit Appetit aß und vor sich hinschaute, mußte sie lächeln, denn sie mußte an die Kühe denken, an den ruhigen Ernst, mit dem diese vor ihrem Futtertroge standen.

Nach dem Essen setzte sich Alda in dem Wohnzimmer an das Fenster, die Luft hatte sie müde gemacht, aber dennoch wollte sie da draußen das Hin- und Hergehen der Tiere und Menschen beobachten. Es war ihr, als dürfe sie sich heute nicht von ihnen trennen. So saß sie lange da, bis die Augen ihr zufielen und sie einschlief.

Als sie erwachte, ging die Sonne unter. Das Zimmer war voll roten Lichtes, jenes plötzliche Aufflammen, das Alda stets schon als Kind ein Festtagsgefühl gegeben hatte, und war der Tag ein noch so grauer Schultag gewesen. Sie hielt jetzt ganz still, es schien ihr, als fühlte sie, wie dieses rote Licht an ihr niederfloß wie etwas, das liebkoste und schmückte. Sie öffnete die Augen weit, öffnete die Lippen, als sollte dieses Licht ganz in sie hineinfließen. Wie schön, wie schön! fühlte sie.

Sie hörte Schritte und sah auf, Eve kam in das Zimmer, ein kleines, dralles Mädchen, viel flachsblondes Haar wand sich um ihren Kopf, das Gesicht war rund und rosa.

»Ach, Eve«, sagte Alda, »Redien sagt, du hast einen Liebeskummer.« Eve lächelte, zeigte eine Reihe großer weißer Zähne, aber zugleich traten ihr dicke Tränen in die Augen. »Das geht vorüber, Eve«, fuhr Alda fort. »Du bist so jung, bei dir geht es vorüber.«

Eve zuckte mit den Schultern. »Soll er gehen. Was kann man machen. Anderen geht es auch nicht gut. Man lebt so oder so, das kommt schon so, das gehört schon dazu.«

Da Alda schwieg, ging Eve vorüber. Das Abendrot war fast erloschen, ein roter Streif und ein wenig blasses Gold standen noch am Himmel, in den Birkenwipfeln hing ein Stern bleich und zitternd. Über die Landstraße gingen Mägde Arm in Arm und sangen laut in den Abend hinein.

In Alda war es seltsam still geworden. »Man lebt so oder so, das gehört schon dazu«, klangen die Worte des Mädchens in ihr nach. Und plötzlich wußte sie es, wußte sie es ganz bestimmt: Wenn auch alles Qualvolle und Furchtbare wiederkäme, dieses Leben hielt sie unbezwinglich fest, sie gehörte zu ihm, was es ihr auch antun mochte.

Schützengrabenträume

Hier sitze ich in meinem Erdloch. Es ist angenehm, die Beine von sich zu strecken, den Rücken an die Lehmwand zu lehnen, den Rauch der Zigarette langsam durch die Nase vor sich hin zu blasen und sich nach Herzenslust eine Weile müde fühlen zu dürfen. Um mich her schlafen die Kameraden schon, graue Gestalten, das Gewehr im Arm, die Beine angezogen, und auf den bleichen Gesichtern liegt es wie schmerzvolle Spannung, als sei der Schlaf eine schwere Arbeit. Die Nacht war auch mühselig genug, kalt und dunkel, dazu gaben die da drüben keine Ruhe, die Luft war voll von dem widerwärtigen Surren und Zischen, ringsum im Unterholz knisterte und knackte es. Wir wußten nicht, was die da drüben vorhatten, und wir mußten höllisch achtgeben. Am Morgen kam dann der Nebel dick und grau, wie ein nasses Leintuch hüllte er einen ein, und man fror bis in die Knochen hinein. Dann ist man nicht mehr ein Mensch, der denkt und tut, sondern nur ein gedankenloses Ding, das schießt und friert. Gegen zehn Uhr wurde es besser, der Nebel wich; der Himmel wurde blau, anfangs ganz blaßblau wie zu Hause in Wintertagen, dann immer tiefer und reiner. Die Sonne kam heraus und begann zu wärmen, die nassen Buchen um uns standen still und blank da, und wir in unserem Graben fühlten, wie ein Sonnenstrahl uns auf die Wange oder die Nase oder die Hand fiel und sie erwärmte, als striche eine sanfte Hand über sie hin. Die drüben waren auch ruhiger geworden, nun und dann kam die liebe Mittagszeit, die drüben wissen auch, was Anstand ist, um die Mittagszeit herrscht Stille, das sind unsere Höflichkeitsgesetze, und die Stille dauert noch eine Weile über die Mittagszeit an, damit man sich ungestört ausruhen kann.

Neben mir liegt mein guter Kamerad Andres. Sein breites Gesicht ist gelblich bleich; es hat fast dieselbe Farbe wie sein weißblondes Haar und seine blonden Wimpern. Die blauen Augen sind schon ganz klein vor Schläfrigkeit. Er wird gleich schlafen, aber das dulde ich nicht.

»Andres, schlafe nicht!« Verwundert schaut er mich an: »Was soll man denn anders tun als schlafen?« fragt er. »Nein, sprechen wir miteinander, hier ist eine Zigarette. Wenn du schläfst, dann weißt du nichts mehr davon, wie behaglich es hier ist, und es ist gleich wieder

Zeit aufzustehen. Zu wissen, man kann schlafen, ist doch süßer als schlafen.«

»So, vielleicht«, antwortet Andres und zündet sich gehorsam seine Zigarette an. Der gute Junge glaubt mir alles.

Vor uns steht der Wald jetzt ganz von Sonnenschein durchwoben, ein krauses, grüngoldenes Gewölbe, die Sonne sticht durch das Laub und wirft auf das Moos und die welken Blätter des Waldbodens runde, gelbe Sonnenflecken.

»Das ist wie Sonntag«, sage ich.

»Warum Sonntag?« fragt Andres.

»Ja, mir ist es so«, erkläre ich, »als seien diese Sonnenflecken immer sonntags in der Kirche während der Predigt dagewesen. Man saß im Gestühl, Mutters seidenes Kleid knisterte leise, die Schwestern hatten helle Kleider an und hatten ganz blanke Zöpfe. Mich fror ein wenig, ich weiß nicht, warum, aber wenn man die Sonntagskleider anzieht, dann friert man anfangs immer ein wenig.«

»Nun ja, das ist das frische Sonntagshemd«, bemerkt Andres verständnisvoll.

»Vielleicht«, fahre ich fort. »Und dann lagen die gelben Sonnenflecken auf den Fliesen der Kirche, blinzelten einen an und machten einen schläfrig. War es bei euch nicht so?«

»Ach was«, erwidert Andres, »ihr in den Herrschaftshäusern seht so was, wir kümmern uns nicht darum. Aber wenn ich jetzt so denke, so ist's richtig, diese gelben Dinger habe ich in der Kirche auch angesehen, wenn die Predigt lang war, und dann noch im Kuhstall.«

»Im Kuhstall?«

»Ja, ich versteckte mich im Kuhstall vor der Feiertagsschule. Da war es hübsch warm und das Stroh so gelb, und die Viecher standen und fraßen, und überall lagen die blanken Sonnendinger auf dem Stroh und auf den Viechern.«

»Du schliefst wohl?« frage ich.

»Ich wollte schlafen«, erwidert Andres, »aber der Braunen war das Kalb genommen worden, und sie brüllte so jämmerlich. Nun, und da kam die Lene herein, sie sah mich nicht, sie ging zu der Braunen, streichelte sie und redete ihr zu: ›Was schreist du, Alte, nächstes Jahr wirst du ein anderes Kalb haben.‹«

»Ja, und die blanken Sonnenflecken lagen auch auf der Lene«, ergänze ich.

»Ich weiß nicht, was werden sie nicht«, antwortet Andres und errötet, dann gähnt er: »Gott, wer hat früher an so was gedacht, der Stall war der Stall und die Sonne war die Sonne, jetzt aber kommt das alles und stellt sich vor einen hin. So war es vorige Woche in dem zerschossenen und verbrannten Dorf. In dem einen Hause, das keine Vorderwand mehr hatte, hing da das Stück einer Stube, die Wände waren blau, ein großer, schwarzer Stuhl stand da und ein Tisch und ein Bild an der Wand. Das ist ja Mutterns gute Stube, dachte ich, und ich stehe und schaue, bis der Leutnant mich anschreit, und dann kriege ich eine Wut, ich denke: Wenn die da drüben Mutterns gute Stube so zusammenschießen würden.«

Ich lache: »Die sollen nur kommen.«

»Ja, die sollen nur kommen«, wiederholt Andres und ballt seine derbe Bauernfaust.

Drüben in den Buchenzweigen regt sich etwas. Es ist eine Eichkatze, ganz rot in all dem Grün und Gold. Sie springt hin und her, duckt sich dann auf einem Zweige nieder und sieht auf uns herunter, und es ist, als lachte das kleine, spitze Gesicht, und wir schauen zu ihm auf und lachen auch. Endlich springt das Tierchen auf, kichert vor sich hin und verschwindet.

»Das ist ein Kerl«, sagt Andres. »Was so einer denken mag.«

»Der denkt«, erwidere ich, »sind die da unten dumm. Sitzen hier schon tagelang und hauen einander auf, um sich zu fressen.«

»Fressen?«

»Ja, bei den Tieren tötet man sich nur, wenn man sich fressen will.«

Darüber muß Andres lachen, es erscheint ihm zu wunderlich, daß wir die Franzosen fressen wollen. Dann wird er aber wieder ernst und schaut in das Unterholz hinein auf einen Punkt, aus dem etwas Rotes hervorschimmert.

»Der liegt noch dort«, sagt er leise, »dort, wo sie ihn vom Baum heruntergeschossen.«

»Ja, der liegt noch dort«, bestätige ich, und wir schweigen eine Weile.

Endlich beginnt Andres wieder: »Ja, mit dem Herunterschießen, das ist so 'ne Sache. Vorigen Tag, als ich da einen vom Baum herunterholte, da war es anfangs gut. Als ich ihm so nahe war, daß ich schießen konnte, da klopfte mir das Herz vor Freude ganz laut, es war so, als ob, als ob …«

»Nun, wie denn?« dränge ich.

»Es ist dumm, aber es war so, als ob ich vor dem Mädelfenster stehe und gleich anklopfen werde. Und als der Kerl vom Baum glitt, wollte ich aufschreien, als er aber unten ganz still lag, da war es anders.«

»Ja, da ist es anders«, wiederhole ich.

Andres wird nachdenklich, und als er zu sprechen beginnt, dämpft er seine Stimme: »Gut, wenn es einen trifft«, sagt er, »wenn man auch so daliegt, was ist dann? Etwas muß dann doch sein.«

»Etwas muß dann sein«, wiederhole ich.

»Ich weiß, was der Pfarrer sagt«, fährt Andres fort, »aber ich muß immer denken, wenn ich so daliege und dies alles hier ist fort, dann bin ich wieder zu Hause, ganz einfach zu Hause.«

»Wer kann das wissen«, antworte ich, »daran muß man nicht denken.«

»Ich denke auch nicht daran«, meint Andres.

Jetzt schweigen wir. Ich beuge meinen Kopf zurück und schaue einer kleinen Wolke nach, die dort oben durch das Blau hinzieht. Wie still und friedlich sie ist und wie weiß und rein, sie ist wie eine kleine Schwester in ihrem Sonntagskleide.

»Weißt du«, beginne ich wieder, »als ich 15 Jahre alt war, wollte ich einmal sterben, ich hatte alles dazu vorbereitet, aber ich konnte nicht, ich fürchtete mich.«

»Na ja«, beruhigt mich Andres, »so allein, das ist auch nichts. Hier, wo die anderen sind, wo es jeden treffen kann, wo es einem um den Kopf fliegt, da ist es anders.«

»Damals fürchtete ich mich«, wiederhole ich, »hör, ich will's dir erzählen.«

»Erzähl nur«, sagt Andres, »ich hör' gern eure Herrschaftsgeschichten.«

»Du wirst aber schlafen«, wende ich ein.

»Ich hör' schon«, meint Andres.

Natürlich wird Andres schlafen, ich weiß das, aber dennoch muß ich die Geschichte erzählen. Jene ferne Zeit kommt so stark über mich, daß ich den Reseden- und Levkojenduft jener Tage zu spüren meine.

»Nun also«, fange ich an, »es war in den Sommerferien, in der ersten Hälfte, die ist immer die beste, man kann da faul, nur faul sein. Zu Hause war es hübsch, der Garten ganz bunt, auf den Wegen lagen gelbe Frühbirnen, das Haus war voll lustiger Menschen, die Geschwister waren da und auch die Cousinen, die großen hübschen Mädchen. Ich war in Margot, die älteste verliebt, so verliebt, daß es mich ganz krank machte. Sie war auch zu schön mit ihrem schwarzen Haar, den rotbraunen Augen, die, wenn sie erregt oder zornig war, so übernatürlich glänzten. Sie trug blaue Musselinkleider und steckte sich große, rote Rosen in den Gürtel. Wo sie war, war auch ich. Ritten wir aus, dann hoffte ich, ihr Pferd würde durchgehen und ich würde sie retten. Fuhren wir im Kahn, dann wünschte ich, der Kahn möchte umschlagen, damit ich sie aus dem Wasser ziehen könnte. Margot war auch gut zu mir, sie nannte mich ihren kleinen Pagen, zuweilen sagte sie auch: »Mein kleines Ungeheuer!« und strich mir mit der Hand über das Haar. Dann ging es mir heiß und kalt durch alle Glieder.

Abends saß ich vor meinem Spiegel und ärgerte mich darüber, daß ich so häßlich war, denn ich war damals häßlich, ich hatte viele Sommersprossen, große Hände, und meine Kleider saßen mir nicht ordentlich auf dem Leibe.

Es wäre doch alles sehr schön gewesen, wenn nicht der Leutnant von Fehmer gekommen wäre. Der Leutnant war auch in Margot verliebt und stets um sie. Ich haßte ihn natürlich, aber es schien mir, daß er auch Margot nicht glücklich machte, sie wurde nervös und launisch, und zuweilen kam sie aus ihrem Zimmer und hatte vom Weinen gerötete Augen. Einmal, als sie mit dem Leutnant auf dem Gartenwege hin und her ging und sie aufgeregt miteinander sprachen, rief Margot mich zu sich, faßte meinen Arm und sagte leise: »Bleibe da.« Jetzt wußte ich, ich hatte Margot vor dem Leutnant zu schützen, und ich wich ihr nicht mehr von der Seite.

Eines Morgens ging ich in den Garten hinunter, um Margot zu suchen. Ich fand sie mit dem Leutnant in der Fliederlaube sitzen. Sie hatte blanke Augen, rote Wangen, und auf ihrem Gesicht lag es wie schmerzliche Erregung. Der Leutnant hielt Margots Hand und führte sie an seine Lippen. Ich ging schnell auf die beiden zu und stellte mich neben Margot auf. Der Leutnant ließ Margots Hand fallen und schnarrte: »Da ist ja unser unvermeidlicher junger Freund.« Margot aber sah mich böse an und sagte: »Dieser Junge ist wirklich überall. Hast du denn nichts zu tun? So geh doch. Du bist unausstehlich.« Ich ging und war sterbensunglücklich. Den Leutnant hätte ich vor Wut zerreißen mögen.

Margot verzieh ich und hoffte, sie würde sich eines Besseren besinnen. Allein den ganzen Tag tat sie so, als sei ich für sie nicht vorhanden, und wenn sie mich einmal ansah, dann lag in ihrem Blick etwas Kaltes und Fremdes, ja, etwas wie Haß. Da wußte ich, daß alles aus war, und ich beschloß zu sterben, nicht, weil ich nicht mehr leben wollte, sondern um Margot zu strafen, sie sollte um mich weinen.

Als alles im Hause schlief, ging ich hinaus auf die Wiese zum See. Die Nacht war hell und warm, ich erinnere mich, daß die Wiesen stark dufteten. Auf einem Stück Sumpfland standen viel rote Orchideen beisammen, über die weiße Nebelstreifen gespannt waren. Der See lag still und schwarz da, nur hie und da machte das Spiegelbild eines Sternes in die dunkle Fläche einen goldenen Ritzer, viele Wasserrosen glühten mitten im See, eine leuchtend weiße Insel. Am Ufer quarrten die Frösche wie toll. Es war gar nicht unheimlich, und ich glaubte, das Sterben würde recht hübsch werden. Ich kleidete mich aus und ging in das Wasser, das ganz warm war, ich begann zu schwimmen und schwamm mitten in die Wasserrosen hinein. Dort legte ich mich auf den Rücken und schaute zum Himmel auf, die Nacht war so hell, daß das Licht der Sterne nur bleich und unsicher war, als schiene es aus dem Grunde eines dunklen Wassers heraus. Um mich standen die Wasserrosen, sie legten sich wie kühle Hände an meine Haut, irgendwo blühte eine kleine Wasserblume, die süß nach Honig duftete, um mich her schnellten Fische schnalzend über das Wasser auf, und ein großer Nachtschmetterling streichelte mir mit seinen Samtflügeln die Wangen. Anfangs dachte ich an Margot. Wenn sie mich hier sehen könnte, dann würde sie mich bewundern, dann würde sie bereuen und, wenn ich tot bin, dann wird sie meinen Kopf auf ihre Knie legen, mit ihrer Hand meine kalte Stirn streicheln und weinen. Daran dachte ich eine Weile, und dann dachte ich, glaube ich, nichts mehr. Es war so behaglich, im lauen Wasser zu liegen, ich wurde schläfrig, ich hätte schlafen wollen. Da plötzlich fror mich, ich fuhr auf, ja, ich sollte ja sterben, warum starb ich nicht? Und ich fühlte jetzt, wie das Wasser tief und dunkel unter mir war, und es schien mir, als faßte mich etwas und wollte mich hinabziehen. Wütend schlug ich in die Wasserrosen, denn auch sie waren jetzt feindlich und wollten mich zurückhalten, ich begann zu schwimmen mit ganzer Kraft und, als ich am Ufer war, atmete ich auf, als sei ich aus einer großen Gefahr gerettet worden. Ich kauerte mich in das Gras nieder und freute mich und schämte mich, daß ich lebte. Ja, so dumm war ich damals.«

Ich halte inne, neben mir liegt Andres und schnarcht. Er hat recht, noch ist es Zeit, ein wenig zu schlafen, ein wenig fort zu sein von hier.

Ich schlafe und träume, wie ich hier immer träume, daß ich zu Hause im Bette liege; ich muß krank sein, denn es ist heller, lichter Tag, ein Glas Himbeerwasser steht auf dem Tisch neben meinem Bett, ein Sonnenstrahl bricht sich in ihm und läßt es rubinrot aufleuchten. Meine Mutter sitzt an meinem Bett mit ihrer weißen Tüllhaube, die schmalen Wangen leicht gerötet, wie stets, wenn sie erregt ist, sie lächelt und streicht mit der Hand über die Bettdecke.

»Schlaf, Junge«, sagte sie, »wenn du gesund bist und wir Frieden haben« – ich weiß nicht, was sie mir verspricht, aber es ist etwas sehr Gutes.

Durch das Fenster kommt Sonnenschein, so viel und so heller Sonnenschein, wie ich ihn noch nie gesehen habe, dicke, gelbe Strahlen, wie der Sonnenschein in Bilderbüchern, und ich denke, wie man so im Traume denkt: Ach ja, das ist der Friede. Durch den Sonnenschein hindurch sehe ich draußen grüne Hügel, ein Wald steht auf einer Höhe, still und schwarz, über ihn reviert ein Falke, ein silbernes Flattern in all dem Blau. Unten aber auf der gelben Landstraße gehen drei Mädchen hin, Arm in Arm, und singen. Ich denke wieder: Das ist zu Hause, und das Herz wird mir ganz heiß, heiß von einem Glücke, wie wir es nur zuweilen im Traum empfinden, und ich erwache davon.

Anfangs weiß ich nicht recht, wo ich bin, ich war zu weit fort. Die Kameraden stehen im Schützengraben; es riecht nach Stroh und nassem Lehm und Pulver, in der Luft surrt und pfeift es, mich fröstelt. Es ist, als schnürte etwas mir die Kehle zusammen. Andres schläft noch. Ich fasse ihn und schüttele ihn wütend.

»So steh doch auf!« rufe ich. Er schlägt die Augen auf, und ich sehe diesen Augen an, daß auch er sehr weit fort war.

»Was gibt es?« fragt er.

»Arbeit gibt es«, sage ich. »Wir wollen denen drüben eins draufgeben.«

»Ja«, meint er grimmig und greift nach seinem Gewehr, »wir wollen denen drüben eins draufgeben.«

Die Feuertaufe

Der Major, der Oberleutnant und ich hatten es uns in dem verlassenen Pfarrhause des halb zerstörten litauischen Dorfes gemütlich gemacht. Ein Abend der Ruhe, eine Nacht des Schlafes lag vor uns. Der Bursche hatte eine Gans erobert, die nebenan in der Küche gebraten wurde. Eine edle Schloßherrin der Nachbarschaft hatte uns Rotwein geschickt, echt französisches Traubenblut. Das Zimmer war warm. Das waren Genüsse, die voll ausgekostet werden sollten.

Den Tag über hatte es geschneit, jetzt stand der Mond am wolkenlosen Himmel. Die kleinen, grauen Häuser waren von weißen Schleiern überdeckt, die großen schwarzen Brandwunden in den Mauern wie von weißen Samtpolstern verstopft. Es lag die stille Festlichkeit über all diesem mondbeglänzten Weiß. Wir hatten unsere Stühle an den Ofen herangerückt, in dem ein großes Feuer brannte, die feuchten Scheite prasselten und erfüllten das Zimmer mit einem leichten Rauchgeruch. Der Major streckte die Füße von sich, seufzte tief vor Behagen auf und meinte: »So ist's gut, mehr braucht der Mensch nicht.« – »Nein, mehr braucht er nicht«, bestätigte der Oberleutnant und gähnte.

»Ja«, fuhr der Major fort, »doch eigentlich ein recht einfaches Wesen, so ein Mensch. Eine warme Stube, auch gutes Essen und ein gutes Bett – und alles fällt von uns ab, wir sind ganz wunschlos, wollen nur dasitzen und vor uns hinschnurren wie die Katzen.«

»Daß man das kann«, wagte ich zu bemerken, »ist doch auch eine gute Einrichtung. Der Körper will doch auch sein Recht, mit der ewigen Seele plagen wir uns genug ab, die kann auch einmal zurücktreten.«

Keiner antwortete, und so schauten wir alle drei schweigend in die Flammen. Draußen wurde die Stille zuweilen durch einen harten Soldatenschritt, der über den Schnee knirschte, unterbrochen.

Ein einsamer Hund bellte klagend zum Mond auf. Nebenan in der Küche flüsterte der Bursche mit dem litauischen Mädchen, dessen nackte Füße wir über den Fußboden stapfen hörten. Zuweilen zischte die Gans auf, und da versetzte der Major: »Auch Musik, und nicht die schlechteste.« Endlich kam der Bursche und deckte unter unserer schweigenden Aufmerksamkeit den Tisch.

Dann kam die Gans. Wir rückten unsere Stühle an den Tisch und gaben uns in andächtigem Schweigen der heiligen Arbeit des Essens hin. Der Oberleutnant war zuerst fertig, schob seinen Teller zurück und meinte: »Ein göttlicher Vogel.« – »Ja«, erwiderte der Major nachdenklich, »und ich glaube, die Gerüchte über seine Verstandeseigenschaften sind übertrieben. So gut zu schmecken ist auch Intelligenz.«

Der Bursche brachte den Rotwein, füllte die Gläser, wir zündeten umständlich unsere Zigarren an, stützten die Ellenbogen auf den Tisch und fühlten die Gemütlichkeit wie etwas Warmes und Weiches, das uns einhüllte. Der Major ergriff sein Glas und sagte: »Auf das Wohl der edlen Spenderin.« Wir stießen an und kosteten vorsichtig den Wein.

»Ja, diese Weiber«, fuhr der Major fort, »herrliche Geschöpfe.«

»Das allerdings«, meinte der Oberleutnant und lächelte.

»Na ja«, versetzte der Major, »Sie sagen das wie einer, der sich in der Sache auskennt. Natürlich. Ihr jungen Leute, ihr glaubt alle, Weiberkenner zu sein, ihr glaubt in den Weibern zu lesen wie in eurem Gebetbuch, aber in diesem Gebetbuch stoßt ihr dann auf ein Wort, ist es chinesisch oder sonst was, jedenfalls keiner kann es lesen und verstehen.«

Der Oberleutnant erwiderte nichts, ich aber sagte: »Ach ja, das gehört zur Gemütlichkeit. Wollen wir von den lieben Weibern sprechen.«

»Gut«, versetzte der Major, »soll ich Ihnen mal eine meiner Weibergeschichten erzählen? Schließlich, man ist ältlich, dick und materiell, aber man hat doch auch seine Erfahrungen gehabt.«

»Natürlich erzählen«, rief ich. »Etwas Besseres kann uns nicht geschehn.«

Der Major hob sein Glas gegen die Flamme der Kerze hinauf und versenkte sich sinnend einige Augenblicke in den rubinroten Schein des Weines, dann trank er den Wein langsam aus.

»Es ist ein wenig lange her«, hub er an, »daß die Geschichte passierte. Ich war noch nicht ganz 20 Jahre alt und war eben Leutnant geworden. Nun, Sie wissen ja, das ist ein Lebensaugenblick, in dem wir am zufriedensten mit uns und der Welt sind. Ich glaube nicht, daß irgend jemanden ein größeres Hochgefühl beseelt als einen frisch gebackenen Leutnant. Ich war einer Einladung zu den Herbstjagden in ein Schloß gefolgt. Das war dort ein Leben, wie es solch einem jungen Hunde, dem die Lebenslust bis in die Fingerspitzen hinein brennt, nur träumen kann. Ein herrliches Schloß, vorzügliche Aufnahme, glänzende Jagd, dazu eine zahlreiche auserlesene Gesellschaft, Musik, Tanz, kurz alles, was ein Leutnantsherz nur wünschen kann. Dazu kam, und das war mir damals das Wichtigste, daß die Gesellschaft zum Teil aus einem Kreis wunderschöner Frauen bestand. Es geht uns allen wohl so, daß, wenn wir älter werden, es uns scheint, als habe es in unserer Jugend mehr schöne Frauen gegeben als in der Gegenwart. Das kommt wohl davon, daß zwanzigjährige Augen doch anders gebaut sind als vierzigjährige.

Die schönste aber der schönen Frauen war eine Gräfin mit polnischem Namen, sie stammte jedoch von weiter unten her, war sie Rumänin oder Griechin, ich weiß es nicht, aber sie hatte jene langgeschnittenen dunklen Augen mit dem feuchten Edelsteinglanz, wie wir sie bei Orientalinnen finden. Ihr Gesicht war immer alabasterweiß, und ihr Mund, der in seltsam bewegliche spitze Winkel auslief, hatte die rötesten Lippen. Auch ihr Gang war seltsam sinnberückend. Gewöhnlich langsam, ein wenig träge und schwankend, kam zuweilen eine plötzliche hurtige Beweglichkeit in ihn, so daß es schien, als liefe dann ein leichter Schauer durch die weichen Falten ihrer Kleider. Ich mußte an eine Forelle denken, die träge im Sonnenschein dahinschwimmt und dann plötzlich mit einer Wendung pfeilschnell dahinschießt. Natürlich waren alle in die schöne Gräfin verliebt, und das wollte sie, es war, als lebte sie erst auf, wenn bewundernde und begehrende Männeraugen auf ihr ruhten. Selbst unser Kommandeur konnte ihr nicht widerstehen. Er rückte gern seinen Stuhl nah an den ihren heran und starrte sie mit seinen hervortretenden blauen Augen unverwandt an. Sie lächelte dann, legte ihre Hand leicht auf seinen Arm und sagte: ›Wie liebenswürdig, Herr Oberstleutnant, ist es von Ihnen, sich zu mir zu setzen. Man fühlt sich so sicher, wenn man neben dem lieben Gott des Regiments sitzt.‹

Überraschend für mich und auch für die anderen war es, daß die Gräfin vor allem mich mit ihrer Gunst beehrte. Ich war ein hübscher Junge, und ich wußte das, so was weiß man immer, und Sie kennen ja das selber, das machte mir viel Vergnügen. Allein, über diesen Erfolg war ich selbst ein wenig erstaunt. Die Gräfin zeichnete mich überall aus, sie ging mit mir in den Alleen des Gartens und sprach von innigen Dingen, sprach davon, daß sie nie glücklich gewesen sei, sprach davon, daß eine große Leidenschaft das einzige sei, das das Leben lebenswert mache, nannte das Leben einen Traum und ähnliches. So was geht natürlich ins Blut und steigt zu Kopf, wenn eine dunkle, ein wenig singende Frauenstimme es zu einem spricht. Ich empfand das wohl, aber, ich war noch jung und ungeschickt, diese schönen, geheimnisvollen Reden, dies Alleinsein mit der herrlichen Frau, es machte mich befangen, ich glaubte, ich müsse auch etwas sagen, etwas Schönes und Geheimnisvolles, und doch fiel mir nichts ein. Zuweilen schwieg die Gräfin und schaute mich mit ihren Edelsteinaugen wie erwartungsvoll an, und ich fühlte, daß ich jetzt etwas tun, etwas sagen mußte, und dennoch tat ich nichts und sagte nichts und war erleichtert, wenn das Zusammensein mit der schönen Frau unterbrochen wurde. Natürlich war ich stolz auf all das, sah mich von den anderen beneidet und kam mir selber sehr interessant vor, so recht mit dem Herzen jedoch war ich nicht dabei. Ich war nämlich schon verliebt, und zwar in Milli, die Tochter des Hauses. Milli war eben erwachsen, hatte zuweilen ein wenig eckige, kindliche Bewegungen. In ihrem runden Gesichte saßen runde graue Augen, und ihr schmaler Mund konnte seltsam spöttisch lächeln. Milli war nicht so schön wie die Gräfin, aber in Milli verliebt zu sein war heiterer und gemütlicher.

Eines Abends stand der Vollmond über dem Garten und beschien hell die Gartenwege. Das reizte die Gräfin. Sie rief nach ihrem Schal und behauptete, sie müsse in den Mondschein hinaus, und zwar mit mir. ›Kommen Sie, Leutnant‹, sagte sie, wie eine Königin, die ihrem Pagen befiehlt, ihr zu folgen. So gingen wir in den Garten hinaus. Als sei es gestern gewesen, so spüre ich heute noch die Frostluft, rieche den Duft der Herbstblätter, ein Duft nach Feuchtigkeit und Vanille, der mich in der Jugend stets zu Erlebnissen und Abenteuern anregte. Am Wegrande standen schwarz die Dahlienstengel und senkten ihre vom Frost verbrannten Blütenköpfe, irgendwo dufteten noch verspätete Reseden. Die Gräfin schritt schweigend neben mir her, ihr vom dunklen Schal umrahmtes Gesicht hob sie zum Monde auf, und es erschien seltsam weiß, ein Weiß, wie mattes Silber es zuweilen hat, hinter ihr raschelte leise die Schleppe ihres Kleides über die welken Blätter. Mir war verteufelt wunderlich zu Mut, so unirdisch, fast gespenstisch, aber wie einem Gespenst, in dem das Leben noch heiß genug kocht. Endlich begann die Gräfin zu sprechen mit ihrer dunklen, singenden Stimme: ›So ist es gut, solche Augenblicke sind die einzigen, die zählen, alles andere ist schwer und häßlich, wir müssen uns dem

Leben entrückt fühlen, nur dann wird uns leicht. Uns muß sein, als gingen wir durch einen Traum. Ja, im Traum sind wir zuweilen glücklich! Haben Sie nicht auch zuweilen geträumt, Sie gehen einen Weg entlang, der hell beschienen ist von bleichem Traumlicht, und in Ihrem Herzen brennt eine seelische Erwartung, denn Sie wissen, etwas kommt auf Sie zu, ein Glück, und Sie gehen ihm entgegen – das sind Augenblicke, in denen ich sterben könnte, fürchten Sie sich vor dem Tode?‹

›Nein‹, sagte ich brav.

›Natürlich, Sie sind Soldat‹, fuhr sie fort, ›ich fürchte mich vor dem Tode, er ist dunkel und einsam, aber mitten in einem glücklichen Traume könnte ich sterben; nur zu zweien müßte man träumen können und zu zweien sterben, nicht wahr, fühlen Sie das nicht auch?‹

Sie war stehengeblieben und schaute mich an, das Mondlicht erweckte in dem tiefen Schwarz ihrer Augen kleine goldene Blitze. Die zauberhafte Stimmung war für mich dahin, denn ich dachte jetzt nur daran, was sagt man in solch einem Fall. Ich strich über meinen Schnurrbart und sagte: ›Allerdings, Frau Gräfin.‹ – ›Sie sind noch jung‹, sagte sie, ›und wenn wir jung sind, machen große Gefühle uns still.‹ Dann fröstelte sie ein wenig, zog den Schal fester um sich, und wir gingen dem Hause zu. Im Wohnzimmer empfing man uns mit neugierigen, gespannten Blicken, die Gräfin jedoch setzte sich zu dem Oberst und begann unbefangen dem alten Herrn den Kopf zu verdrehen.

Ich schaute zu Milli hinüber. Sie lächelte ein spöttisches Lächeln, aber ihre Augen erschienen mir größer als sonst, und es war mir, als schimmerten sie feucht. Das arme Kind tat mir leid, und ich fühlte, daß ich trotz der Gräfin doch nur Milli liebte. Später, als die Damen sich zurückgezogen hatten, blieben die Herren noch beisammen und sprachen von Jagd und Weibern. Mir jedoch war, ich weiß nicht warum, so katzenjämmerlich zu Mute, daß ich mich fortstahl, um mich niederzulegen und alles zu vergessen, denn das kann man ja in den Jahren. Um in mein Zimmer zu gelangen, mußte ich eine Treppe hinaufsteigen und einen langen Korridor hinabgehen, an dessen Ende ein großes rundes Fenster sich befand, durch das jetzt hell der Mond hereinschien. Als ich bis zu meiner Tür gekommen war, hörte ich etwas hinter mir rauschen, sah etwas Weißes auf mich zuflattern, zwei Arme umfingen mich, ein süßer Duft von weißem Flieder wehte mir entgegen, ein Mund küßte mich – ich war wie gelähmt, und dann, Sie werden es nicht begreifen, meine Herren, dann zog ich den Arm, der mich umschlang, von meinem Halse fort und sagte, ja, ich sagte das wirklich: ›Gräfin, Sie werden sich erkälten.‹

Einen Augenblick noch stand die weiße Gestalt vor mir, ich sah im Mondlicht das bleiche, im Zorn wunderbar schöne Gesicht, hörte ein kurzes Lachen, dann flatterte die weiße Gestalt wieder davon. Ich ging in mein Zimmer, setzte mich auf mein Bett und fühlte mich elend. Ich schämte mich vor mir selber, denn Sie wissen, in jenen Jahren schmerzt nichts empfindlicher als der Gedanke, lächerlich zu sein. In dieser Nacht habe ich wenig geschlafen.

Am Morgen mußte ich früh heraus, denn es war Jagdtag. Die Gesellschaft fand ich bereits im Frühstückszimmer, angeregt von der angenehmen Jagderwartung. Auch die Gräfin war da, denn sie war eine leidenschaftliche Jägerin. Sie sah schön aus in ihrem dunkelgrünen, pelzverbrämten Kostüm, das Pelzbarett auf dem Kopf. Sie schüttelte mir kameradschaftlich die Hand, dann ging es hinaus. In der Nacht hatte es gefroren, und noch jetzt brannte die Luft mir auf den Backen. Das erfrischte mich, meine Wirren und Sorgen begannen der schönen Jagdfeierlichkeit Platz zu machen. Schweigend gingen wir in langem Zuge durch den Wald, um uns die Stände anweisen zu lassen, der meine befand sich unter einer alten Tanne. Ich lehnte mich mit dem Rücken an den mächtigen Stamm, machte mein Gewehr bereit, und nun begann das köstliche Warten. Durch die Bäume hindurch konnte ich auf dem nächsten Stande die Gräfin sehen. Regungslos stand sie da und hielt ihr Gewehr vor sich hin; eine schlanke, grüne Gestalt. Nun erschollen das Waldhorn und die Stimmen der Treiber, da wurde ich ganz Aug und Ohr, ganz Aufmerksamkeit, ganz Raubtier.

Plötzlich erklang ein Schuß, ein Wild konnte ich nicht sehen, aber ein seltsames Geräusch dicht bei mir am Stamm der Tanne machte, daß ich mich schnell umwand. Und wirklich, der ganze Schuß saß in dem Stamm der Tanne, ja ein Rehposten hatte sogar ein Loch in den Ärmel meiner Jagdjoppe gerissen. Ich starrte darauf hin, ich begriff nicht, und dann – dann verstand ich. Mir wurde ganz heiß, und mein Herz klopfte stärker. War es möglich? Konnte das geschehen – mir geschehen, und ein Gefühl unbändigen Stolzes, ja Hochmuts ergriff mich. So also konnte ich geliebt und gehaßt werden.

Ich spähte zu der Gräfin hinüber, sie stand regungslos da. Das herrliche Weib, ich hätte zu ihr hingehen mögen, um ihr für ihre Tat zu danken, und ich lehnte mich wieder an den Baumstamm und träumte meiner neuen Würde nach, während ein Fuchs unangefochten vor mir über die Linie setzte. Während der Frühstückspause vermied ich es, in die Nähe der Gräfin zu kommen, ich ging sinnend umher und dachte, wenn die anderen wüßten, was mir begegnet ist, sie würden mich anders anschauen, sie, die nur Alltagserlebnisse zu verzeichnen haben. Die Gräfin war sehr umringt. Ich hörte, wie sie sich beklagte, daß sie heute kein Glück habe, worauf unser Oberst sich zu dem einzig galanten Wortspiel seines Lebens, glaube ich, verstieg. ›Wenn man selbst ein Glück ist‹, sagte er, ›dann braucht man nicht erst Glück zu haben.‹

Der übrige Teil der Jagd blieb für mich erfolglos, denn ich war zerstreut und schoß schlecht.

Abends bei der Tafel war ich zur Rechten der Gräfin gesetzt worden. Das freute mich, alle Scheu vor der schönen Frau war in mir gewichen, jetzt fühlte ich mich ihr überlegen, sie tat mir leid, wie mußte sie gelitten haben um mich, und ein wunderbares Geheimnis verband mich jetzt mit ihr.

›Sie sind heute nur einmal zum Schuß gekommen‹, begann ich die Unterhaltung.

›Ja, einmal‹, sagte die Gräfin, und sie sprach nachlässig und zerstreut, wie Damen mit Herren sprechen, die sie langweilen.

›Aber ohne Resultat‹, fuhr ich fort.

Die Gräfin zog die Augenbrauen ein wenig in die Höh' und meinte: ›Darauf kommt es doch nicht an. Ich habe die Erregung des Wartens, des Anlegens, Zielens und Schießens gehabt, das ist mir genug; wenn das arme Wild heil davonkommt, so gönne ich es ihm, für mich ist der Fall erledigt, ich hab' mein Teil gehabt. Oder sind Sie von denen, die stets Resultate sehen müssen?‹ Dabei sah sie mich mit ihren Edelsteinaugen kühl und fremd an.

›Resultate sind allerdings wichtig‹, sagte ich ziemlich verwirrt.

›Resultate‹, erwiderte die Gräfin, ›sind meist uninteressant. Eine Tat beschließen, sie in sich wachsen fühlen, sie wägen, wie ich einen Ball in der Hand wäge, eh' ich ihn werfe, tun – das kann ein Genuß sein, das kann erlösen – aber was daraus wird …‹

Sie zuckte leicht mit den Schultern, wand sich von mir ab, ihrem Herrn zur Linken zu, und fragte ihn, ob er Neapel kenne. Ich aber blieb die Mahlzeit über schweigsam. Das Gefühl der Überlegenheit war fort, nur eines wußte ich, daß ich hier vor etwas stand, an dem ich vergebens herumraten würde. Den nächsten Morgen reiste die Gräfin ab.

So meine Herren, das ist die Geschichte meiner Feuertaufe, und nun wollen wir zu Bette gehn, ich fürchte, ich habe diesen kostbaren Augenblick durch meine Geschichte schon zu lange hinausgeschoben.«

»Seltsam«, sagte der Oberleutnant sinnend, »aber ich habe das stets gewußt, über die Frauen dürfen wir nicht nachdenken, das verwirrt nur, wir müssen sie über uns ergehen lassen wie das Schicksal – und das Schicksal verstehn wir auch nicht.«

Biographie

1855   *14., 15. oder 18. Mai:* Eduard Graf von Keyserling wird auf Schloss Paddern bei Hasenpoth in Kurland geboren. Er wächst im Kreise seiner elf Geschwister und der patriarchalischen Adelsgesellschaft auf den väterlichen Gütern in Kurland auf. In Hasenpoth besucht er das Gymnasium.

1874   Keyserling beginnt in Dorpat ein Studium der Rechtswissenschaften, Philosophie und Kunstgeschichte.

1876   Tod des Vaters Eduard.

1877   Aufgrund einer nicht näher bekannten »Lappalie« (so sein Neffe Otto von Taube) wird Keyserling der Universität verwiesen, was seine gesellschaftliche Ächtung und Isolierung zur Folge hat.
Keyserling geht nach Wien und ist als freier Schriftsteller tätig. Hier steht er vermutlich im Kontakt zu den Kreisen um Ludwig Anzengruber.

1887   Vom Naturalismus beeinflusst schreibt Keyserling seinen ersten Roman, »Fräulein Rosa Herz. Eine Kleinstadtliebe«.

1890   In den folgenden Jahren verwaltet Keyserling die Familiengüter in Paddern und Telsen.

1892   Der Roman »Die dritte Stiege«, der in der Wiener Zeit entstand, wird veröffentlicht.

1893   Es zeigen sich erste Anzeichen einer Erkrankung aufgrund einer Syphilisinfektion.

1894   Tod der Mutter Theophile. Die mütterlichen Güter werden an den Majoratserben übergeben.

1895   Mit seinen älteren Schwestern Henriette und Elise lässt Keyserling sich in München nieder.
Hier besucht er regelmäßig den Schwabinger Stammtisch um Schriftsteller und Künstler wie Frank Wedekind, Alfred Kubin, Max Halbe, und Lovis Corinth.

1897   Infolge seiner Syphilisinfektion bricht bei Keyserling ein unheilbares Rückenmarksleiden aus. Er bedarf von da an der Pflege seiner Schwestern.

1899   *März:* Er reist mit seinen Schwestern nach Italien, wo sie sich etliche Monate aufhalten.

1903	Die Erzählung »Beate und Mareile. Eine Schloßgeschichte« erscheint.
1906	»Schwüle Tage« (Novellensammlung).
1907	In der »Neuen Rundschau« veröffentlicht Keyserling den Essay »Über die Liebe«.
1908	Tod der Schwester Henriette.
	Keyserling beginnt zu erblinden, versucht jedoch stets, dies zu verbergen. Zukünftig diktiert er seine Werke der Schwester Elise.
	Der Roman »Dumala« wird veröffentlicht.
1909	»Bunte Herzen« (Novellensammlung).
1911	Der Roman »Wellen« erscheint.
1914	Durch den Krieg wird der Kurländer von den Einkünften aus seiner Heimat abgeschnitten. Keyserling gerät dadurch in finanzielle Nöte.
	»Abendliche Häuser« (Roman).
1915	Seine Schwester Elise stirbt. Fortan kümmert sich Keyserlings Schwester Hedwig um ihn. Er ist inzwischen fast gänzlich an das Bett gefesselt.
1917	»Fürstinnen« (Roman).
1918	*28. September:* Im Alter von 83 Jahren stirbt Eduard von Keyserling vereinsamt in München.